俳句と旅と人生と

詩《うた》の小《こ》箱《ばこ》

水庭　進　著

東京堂出版

謹んで
東日本大震災とそれに続く大雨による災害の犠牲者に
対し深く哀悼の意を表するとともに被災した方々に心
からお見舞申し上げます。

平成二十三年九月

水庭　進

まえがき

凡そ俳句にせよ短歌にせよ、作者の感性が大きくものをいう。言うまでもなく、それに加えて、広く深い学識と豊富な体験があれば、それに越したことはない。

残念ながら。僕にはその両方ともない。特に、感性ときたら、からっきしない。

両親を恨みたくなるくらいだ。

女性はなべて感性に富んでいる。世の男性に叱られるかも知れないが、女性は男性に較べて、より鋭い感性を備えている、というのが僕の持論である。

だから、女性の多い超結社の句会にも積極的に出てみた。いつも女流俳人の感性に、「ウーン！」と唸るくらい感動するのだが、いざ自分が俳句を作る段になると、感性のかの字も感じられない、もとの自分に戻ってしまう。

誠に情けない次第である。

俳句は小手先だけで自由自在に操れる文芸ではないのだ。

釣り人の真顔崩せり春の水

十五歳の頃の句である。

俳句を初めて識ったのは、東京の巣鴨商業学校（旧制）の三年生の頃だったろうか……　佐藤徳四郎という名の漢文の先生がいた。背丈が低くて、おそろしく肥っていたので、僕らはいち早く、「豆タンク」の綽名を献上した。赤ら顔のこわ～い先生だった。

この先生から漢文を習った記憶は僕にはない。他の面での先生の印象が強烈だったからだろう。僕らに俳句の手ほどきをしてくれたのがこの先生だ。

今になって考えると、とても有り難く思うのだが、当時の僕は、折角上位にあった成績順位を落とさないように学業に専心していたかったので、先生が課す俳句毎週二十句の宿題は堪え難い苦痛であった。

僕が初めて出た句会は、学校からそれほど遠くない先生のお宅で開かれた。古びた、粗末な平屋だった。

句会には先生の他に生徒が十数人いた。中に一年先輩が二人いた。ひとりは、後になって「獺祭」の編集長、続いて「俳星」主宰となった宇都木春男（俳号「水晶花」）、もう一人はＮＨＫスポーツ放送の名アナウンサーと謳われた北出清五郎（俳号「桐生」）、それに僕と同期で、後に「あすか」を創刊した名取思郷がいた。

哀しいことだが、水晶花も桐生も思郷も最早この世にない。

後になって識ったことだが、漢文の佐藤先生は「獺祭」系の俳人で、大須賀乙字の研究家であった。

この句会で高得点を得た、僕のこの句は今でも鮮明に憶えている。正直言ってこのとき初めて、真剣に俳句を作ってみようと考えた。

だが、これに続いた東京外語での学生生活、太平洋戦争の勃発、軍隊生活、ＮＨＫ、そしてその間、一九六四（昭和三九）年から三年にわたるイギリス生活……その三十余年の長い間、僕は俳句とは殆ど無縁になってしまった。

ときたま、大ヤマメなどを釣ったとき、魚拓へ添える一句を捻るといった程度だった。

たとえ、俳句をず〜っと続けていたとしても、もともと感性に乏しい僕のことだから、現在を大きく越える俳句作家にはとてもなれなかったに違いない。

いつの間にか僕は俳句を見限ってしまった。いや、俳句の方が僕を見限った、と言った方が正しい。

身勝手な話だが、僕は俳句はそもそも愉しむものだ、と捉えている。日本人は幼い頃から、五七五の韻律には慣れ親しんでいるから、自分の感動を五七五に収めることには、そう苦痛を感じない。

だが、俳句を作るとなると、やれ、必ず季語を入れろとか、季重ねはいけないとか、散文になるなとか、いろいろな制約が課せられてくる。このため、俳句から手を退いてしまう人が数知れない。

そこで、僕は、俳句は巧いにこしたことはないが、下手でも一向に構わない……　好きなように、自由奔放に作ったらそれでよい……、ある瞬間、自分が感動したことを適切な季語を入れて五七五に詠み込めばそれでよい、と考えている。

何年か経てその句を読みかえしたとき、そのときの情景や心象風景などがまざまざと浮かんでくれば、それでよい……いや、そういう俳句こそ、自分にとってはかけがえのない「佳句」なのだ、と自画自賛してもよいと思っている。

「下手は下手なり」でよいから、折に触れ、感動を五七五に詠って、心の小筥に仕舞っておこう。そして、時々引き出してきて、往時の追想に浸ってみるのも、一つの大きな愉しみではなかろうか。

僕は俳句は「センチメンタル・ジャーニー」なのだ、と常々自分に言い聞かせている。

「好きこそものの上手なれ」というが、僕の場合には、「下手の横好き」がぴたりとくる。

平成二十三年九月

水庭　進

俳句と旅と人生と

詩《うた》の小筥《こばこ》

目次

まえがき

春

戦の火父の荼毘の火野焼の火……15
海見えてなほ韋駄天の雪解川……217
朧夜の屋台に井伏鱒二かな……16
女湯の白きあざらし涅槃西風……17
風立ちて山女に手向けの花吹雪……19
鐘おぼろ町に古りたる鯨墓……21
鎌倉の美男は猫背藤の花……22
雁風呂や湖一枚の寂とあり……23
寒旱明く平成の雨の韻……24
如月の風塵森を一つ消し……25
毛バリ振る男のそびら匂ひ鳥……26
建国の日の裏側を竜馬ゆく……28
紅梅やここぞ市ヶ谷自衛隊……29
紅梅や父の生れしはこのあたり……30
紅梅を母へひともと植木市……32
サタンとてもとは天使やすぎなのこ……33
ざわめきは古語らし念仏寺の春……35
早蕨や安達太良山雨をふくみをり……36
重力のあはひをひくわのひとしきり……37
チューリップ口をすぼめて英語の［u］……38
ニコライの鐘を別れの桜かな……39
二輪草ともに花髪の同い歳……42
願はくば弥生のあの日人知れず……44
猫の掌へ蝶は五條の橋の上……47
根開きやククと啼きしは山鳩か……48
俳号のまま逝かれしか紫木蓮……49
初山女魚雪の匂ひを掌から掌へ……50
花の雲なぬかなぬかの遠会釈……52
春は名のみの神々唖然巨大津波……53
春火桶ひととせ主亡きままに……55
春満月この角曲れば見失ふ……56
日向ぼこ指紋巻いてる流れてる……57

深川は都の辰巳春しぐれ……59
没落や享保雛も売られけり……60
豆の花脱走兵の出るころぞ……61
夜叉王の打ちし面や春愁ひ……63
雪解川湯揉むがごとく岩襖……218
楊貴妃も京菜も薹の立ちにけり……64
料峭の小さき仏でありしかな……66

夏

朝凪や何か耳打ち蟻の列……71
紫陽花や宇宙の青き星に棲む……72
イワナ割くランプの灯影右頬に……122
おとうとの虹を奪って了ひけり……73
鍵穴へ卑弥呼引き寄せ青田風……76
額あぢさゐアラハバキ守り農を守り……77
数ふれば娘盛りや桐の花……80
気骨ある仁でありしよ青嵐……82
象潟の雨に宿りぬ誘蛾灯……83
肝試し口笛鳴らし戻りけり……84
雲の峰頽れ島田正吾かな……86
句を置いて逝ってしまひぬ百日紅……87
恋蛍ひとつ囲つて根岸かな……90
骨壷の半ばを余し葉桜に……91
これがかのよもつひらさかかはづなく……92
新緑を背に新緑の渓に入る……93
ずぶ濡れの犬ずぶ濡れの七変化……94
倒れ木のリスの眸蒼しイワナ釣る……95
たかんなや剣忘れしタケル陵……97
田草取りこの世去るにも人手借り……99
手力男命との綱引きも梅雨入かな……100
知恵の輪の解けてそれきり捻り花……100
梅雨滂沱粉名屋小太郎蕎麦を打つ……101
出羽のあの人に見ゆる五月闇……103
外つ国に蟻を見し夜の深眠り……105
寧楽に泊つ祇園囃子と添寝して……107

白昼夢紡いで蜘蛛の安息日……108
花槐こぼれて何か始まりさう……109
枇杷熟れて疾しきことのなくもなく……111
振り向けば水織音なりき岩魚釣……112
ふるさとは東京沙漠朝顔市……113
紅花や来世も女がよいと言ふ……114
蛇に怖づ英語俳句は作らぬなり……115
みづすまし今生かくも面白き……116
ややありて空蟬のみの残りけり……117
行き交ふや蝮かうべを吊るされて……119
流雲の瀬尻に立ちし虹一つ……126
随想　ウォストウォーター……127

秋

秋めくや懐紙に移す唇の紅……131
姉逝きて虫聴く夜々となりにけり……132
鮎落ちて河原は白き石ばかり……133
意に染まぬ賞は固辞して菊の酒……135
コスモスの寄ると触ると噂かな……137
この月の月を観むとてながらへし……138
城で持つ町で人待つ居待月……139
底紅のいつもむづかる別れかな……140
たくづのの白き仏塔秋の潮……142
戯れに立てし指先秋あかね……143
朱鷺の空蜻蛉の空も遥けくて……144
野分して忽ち失せし兄二人……145
白桃を男の指が剥いてゆく……147
方舟へノアの忘れし柿の種……149
風前のともしびが舞ふ秋あかね……150
眼裏の萩さはさはと眠れさう……151
曼珠沙華兄は享年二十一……153
雪迎へゆめゆめ油断召さるるな……154
指で辿るテムズの水の今澄むや……155
夜なべの灯かさね八十路の見えてきし……156
俳優は白狐や月の石舞台……157

随想　惑星の衝突……159
随想　東京ローズ……160

冬

媾曳のアダム走らす寒の雷……167
大熊手担いで岸田今日子かな……168
枯葦や濠の深さとピタゴラス……169
吟行のなかのひとりが雪女……170
加はれぬ黄泉の団欒雪しまく……171
木枯やのどのかすれしうたうたひ……173
新雪踏んでふんで世之介気取りかな……174
石蕗や郵便サンの来る時刻……176
鳶の笛百管稲村ヶ崎冬……177
友逝くや会津の谿を吹雪く夜に……178
ナースベル放さず百寿媼の冬……180
のどぼとけ褒められてゐる神の留守……183
ビーナスに腕のありき凍豆腐……187
太棹のじょんから地吹雪呼んでこい……185
冬三日月ときどき耳環欲しくなる……186
虎落笛妣に背きて夜爪剪る……188
夕しぐれ僧一斉にそば啜る……189
雪国の碧落といふ胸騒ぎ……190
雪晴やそこひの空にメス入れて……191
雪二つ都大路にみちのくに……193
湯豆腐の四角四面がくつくつと……195
流氷や国後島は陸続き……196
烈震激震烈震激震やがて冬……198
随想　雪迎え……199
随想　交通事故……201
随想　詩と散文と……203

新年

賀　状……207
あとがき

春

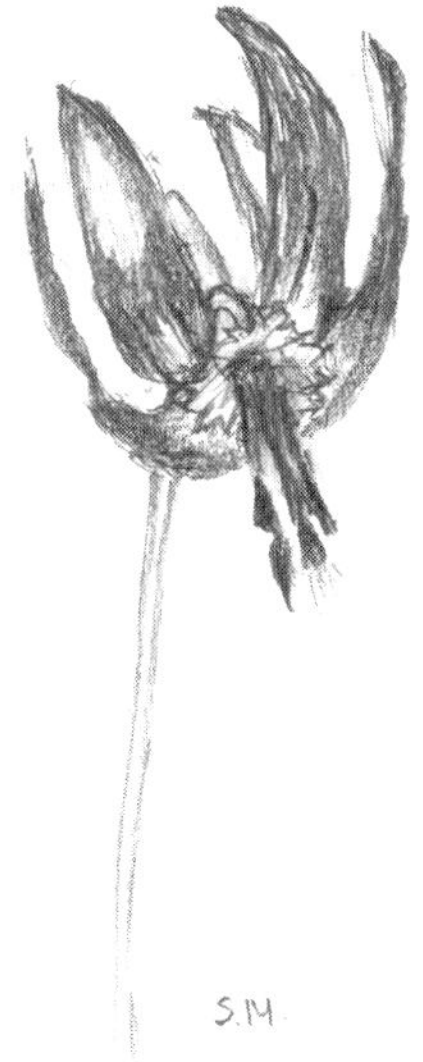

戦の火父の荼毘《だび》の火野焼の火

僕は昭和十九年九月から終戦まで水戸の東部第三十七部隊にいたから、東京の空襲は体験していない。

僕の一家は茨城の高萩へ疎開していたらしいので、池袋近くの堀之内の家には誰もいなかったようだ。

と言うのは、我が家が焼かれた三、四日あとに、何も知らない僕は二泊三日の外泊許可をもらって上京した。

大塚駅に降り立った時、見渡す限りの焼野原が僕の眼前に広がった。焼けて何も残っていないとは思ったが、脚が自然に家の方へ向かっていた。

まだ、焦げくさい臭いのする、かつての町並みを歩いて、我が家のあったところに辿り着いた時、情けなくて涙も出なかった。

僕がコツコツ買い求めた書籍は庭に掘った壕の中で殆ど灰になっていた。辛うじて灰燼になるのを免れた書物も、手にするとハラハラと崩れていった。

そんなわけで、僕は東京の空襲のことは直接には何も知らない。

しかし、水戸の空襲は郊外の兵舎から見ていたから、よく知っている。

漆黒の夏空をあかあかと照らし出したあの紅蓮の炎は今でも脳裏から離れない。ただ見ているだけで、何一つ救いの手を差し伸べられない兵隊たちは、どんなにか遣り切れない思いに駆られたことか。水戸市の出身者もいた筈だ。

翌早朝、全部隊が救護に出動したことは言うまでもない。

戦時中、高萩に疎開していた父母たちは、米軍の艦砲射撃に遭って、命からがら母の故郷の栃木へ再び疎開した。この時に送り出したなけなしの荷物は水戸の空襲で全て灰になったから、母の故郷の栃木の疎開先に着いた時には、文字どおり無一物であった。母の旧姓は豊田である。

疎開先は豊田實海軍軍医少将の生家で、長い間、住むものがなかったので、傾きかけた家は荒れ放題……畳などはじめじめしていた。人呼んで「幽霊屋敷」……

昭和二十二年五月三日、この家で父は再び脳内出血で倒れ、遂に帰らぬ人となった。享年七十一歳であった。

父の遺体は座棺に納められ、近くの丘の麓で荼毘に付された。僕たちは一晩中、交代で火の具合を見に行っては薪を継ぎ足した。父を焼く火がめらめらと燃え立つさまは未だに眼の裏に焼き付いている。

終戦から四、五年ほど経った、ある麗らかな春の日曜日、僕は愛用のタナゴ竿を持って、土浦近くの小さな流れへ釣りに出掛けた。よく晴れた、無風の暖かい日であった。タナゴ釣りには申し分のない陽気だ。

近くで野焼きが行なわれていた。

この時ほど、平和の有り難さを感じたことは嘗てない。

朧夜の屋台に井伏鱒二かな

今朝、こんな夢を見た。

書割りのような朧月が書割りのような夜空に浮かんでいた。その朧月を背にしてオヤジのいない屋台が一つ……

その屋台の椅子に肥ったキモノ姿の人物がその後姿を僕の方へ向けて坐っている。シルエットなので、はっきりとはしないが、髪の毛は短く、太い枠の眼鏡を掛けているようだ。

僕は直感的に井伏鱒二だと思った。

井伏鱒二は僕の好きなタイプの作家の一人だ。それに、僕のように大の釣り好きだ。ヤマメが難しくて、イワナに転向したという。

河上徹太郎は鱒二の文学を「悲しみの文学」と評しているが、鱒二の作品の多くには、独特のユーモアとペーソスがある。「山椒魚」「本日休診」「駅前旅館」「黒い雨」などの作品が僕は好きだ。

一九六六年には文化勲章を受賞している。

九十五歳の高齢で亡くなったが、生前は大酒飲みだったらしい。文士仲間と毎晩、荻窪や阿佐ヶ谷の呑み屋を呑み歩いていたという。

鱒二の「夜明け酒」は有名だ。

僕の夢の中の鱒二は何故か独りでチビリチビリとやっていた。

鱒二は、奇人・変人の評判の高い佐藤垢石とも交遊があったようだ。

女湯の白きあざらし涅槃西風《ねはんにし》

「女湯」と言えば、落語の愛好家なら「湯屋番」という噺を思い出すだろう。お店《たな》出入りの職人の家に居候を続けていた若旦那が「奉公でもしてみては」と言われ、銭湯に奉公することになる。常々、一度は上がってみたいと思っていた湯屋の番台に上がることになるが、番台の上から女湯を眺めながら、いろいろと空想に耽るという噺だ。

僕は子供の頃の銭湯しか知らないから、今の銭湯がどうなっているか判らない。少なくとも、七十年ほど前の銭湯には番台があった。番台は入口付近の中央にあって、そこに上れば男湯も女湯も見通せる。

湯屋番の仕事は、若旦那が考えているほど生易しいものではないらしい。湯銭を徴集したり、客の履物や脱いだ衣服に絶えず目を配っていたり、浴槽の湯や、上がり湯にまで気を配らなければならない。

空襲で焼けるまでは、池袋駅近くにあった堀之内の僕の家には内風呂があった。だから、銭湯にはさしたる記憶も思い出もない。何度か、一番上の兄、義信が僕の直ぐ上の兄、正義と僕を近くの銭湯に連れていってくれた。

家から歩いて二、三分のところに大黒湯というかなり大きな銭湯があった。僕はここで湯に入るときの心得を兄の義信から教わった。

イギリスから帰って間もなくだったから、昭和四十四、五年の頃だったと思う。民放のテレビ・ドラマが盛んに女湯のシーンを扱っていた。そのとき見た女湯の中のようすが、目に焼きついている。

女性たちは独特な坐りかたで、湯を使っていた。からだを折り曲げるようにして両足を揃えて坐っている。初めてみる光景なので、強烈な印象を受けた。「白きアザラシ」のように見えたのである。

これで想い出した。子供の頃、庭先で行水を使っている女性を見かけたことがある。

行水の片膝立てて女なり

成人してから、そのときのことを思い浮かべて詠んだ句である。

女湯ののれんを分けて年男

女性の湯浴《ゆあ》みを詠った句はこの三句しかない。ついでながら、女湯といえば、ＮＨＫドラマの「君の名は」の放送中は女湯がどこも空になったほどドラマが評判になったことを記しておく。

風立ちて山女《やも》に手向けの花吹雪

魚拓に一九六一（昭和三十六）年五月三十一日とある。大物でも釣れなければ、俳句なんか作ろうとも思わない頃の貴重な一句だ。

栃木県などではヤマメのことを「ヤモ」と呼ぶ。しかし、この「ヤモ」は多摩川の上流は丹波《たば》川で釣り上げたヤマメだ。

奥多摩湖の少し上流から丹波川に入った。後山川が合流するあたりであった。

都内ではとっくに葉桜になっていたが、山里の桜は遅い。時々、桜の花が澄みきった川面に散って流れて行く。

読みそこねた朝刊と予備の竿を入れたリュックを背に、釣り登ってゆく。頭には安全帽をいただいている。

この川で落石にあったことがある。高い所から落ちてくる石は猛スピードで水面に突き刺さる。安全帽は欠かすことができない。

暫くは緩やかな幅広い浅瀬が続くが、やがて険しい渓相を帯びてくる。

幾つか水面に出た岩が絶好なポイントに見えた。一番手前のものから攻めることにして、大きめのキジ（みみず）を二匹、ハリにチョンガケして、二間半（四・五メートル）の釣竿を上流に向かって振り込んだ。

目印が岩の脇を過ぎたとき、軽い魚信が竿を持つ手に伝わってきた。

間髪を入れずあわせた。

竿は絞り込まれて満月のようになった。

大物に間違いない！

まず、魚を疲れさせることだ。一、二分の攻防が続いた。

少し退がれば、砂の川原がある。そこまで、引っ張ってくればこっちのものだ。それまでの我慢である。

埼玉の天田名人に特にヤマメ用として拵えてもらった竹竿は、それを握る僕の掌に魚の感触を余す所なく伝えてくれる。

矢張り、名人の竿は明らかに他のものとは違う。

川原にずり上げた魚はヤマメであった。

ハリからヤマメを外すと、逸る胸を抑えて計測した。全長一尺二寸（三十八センチ）あった。これまで、こんな大物のヤマメは釣ったことがない。奥多摩湖で先祖返りをしたのかも知れない。

頬擦りをした。

一陣の風とともにサクラがはらはらと散った。

大きすぎて、とても魚籠には入らない。

読みさしの新聞のことを思い出した。

リュックを降ろして、新聞紙を出した。

これに包んでリュックに収めた。
大ヤマメがリュックのなかで、僕の背中を何度も叩いた。
この日は尺ものが数尾釣れた。

鐘おぼろ町に古りたる鯨墓

山口県の仙崎は漁業の町、古くは捕鯨の基地だ。天才的童謡詩人、金子みすゞの生まれ故郷でもある。西条八十に見い出された彼女の作品に生まれて初めて接したとき、僕はこれまでにない心の昂りを覚えた。
特に、「大漁」には我知らず唸ってしまった。からだがいつまでも顫えていたのを今でも昨日のように思い出す。

大漁

朝焼小焼だ
大漁だ
大羽鰮《おおばいわし》の
大漁だ

濱は祭りの
やうだけど

海の中では
何萬の
鰮のとむらひ
するだらう

鰮には大きさによって、大羽・中羽がある。

僕はこの作品を読むと、みすゞの生きものに対するやさしさに胸を打たれる。それだけではない。みすゞの着想そのものにも驚嘆を禁じ得ない。

鯨が一頭獲れれば、七浦が賑わったという。だから、仙崎の人々は鯨に心からの感謝を捧げ、町に鯨の墓を作って、その霊を慰めた。

何というやさしい心根だろう。

その墓は今でも残っているそうだ。

鎌倉の美男は猫背藤の花

鎌倉の大仏は「長谷の大仏」とも言われ、長谷の高徳院の庭に建立された露座仏だ。高さ十一メートル余りの金銅製阿弥陀如来の座像である。鋳造が始まったのは建長四（一二五二）年という。

温顔で肩幅は広く、頭に螺髪を頂き、悠然として静かな佇まいを見せている。

歌人、与謝野晶子が、

鎌倉や御仏なれど釈迦牟尼は
美男におはす夏木立かな

と、詠んでから、「鎌倉の美男」と言えば、長谷の大仏のことである。

大仏の背後に回って見上げると、僕には、大仏が酷い猫背に見えた。

背後の丘にはリスが沢山いて、近くへ来ては観光客に愛嬌を振りまく。

丘の頂き近くに一本の藤の木があって、折からの風に鮮やかな紫の花房を靡かせていた。

雁風呂や湖《うみ》一枚の寂とあり

秋、雁が北方から海を渡って日本へ飛来するとき、木片をくわえてやってくるという。

疲れると、雁はこの木片を海へ落とし、それにつかまって羽を休めるのだそうだ。

そして、目的地に着くと、木片を海岸に落とし越冬する。

春になると、再びその木片をくわえて北へ戻って行く。

雁が帰ったあとに海浜に遺された木片は、不幸にも日本で死んだ雁のものだと人々は考え、これを集めて、雁供養のため風呂をたてて旅人を労ったという。

青森県の外ケ浜に残るこの俗信は、哀しいが心温まる雁供養の風習だ。

落語にもこの噺があった。

たしか、ある大名が津軽を旅したとき、この雁風呂のことを聞いて、感激したという。

それが誰だったか、思い出そうとしてもなかなか思い出せない。

手持ちの落語の本を全て調べたが、判らない。

そこで、柳家小満ん師匠に電話した。

運良くご在宅で、水戸黄門の一行が掛川の宿に泊ったときの話だと教えてくれた。

寒早《ひでり》明く平成の雨の韻《おと》
手鏡へ少し虧《か》けたる後の月

日本史上最長の在位期間（六三年）を記録した第一二四代昭和天皇……

一九四五（昭和二〇）年八月、ラジオを通じて「終戦の詔勅」を放送、続いて六月にはみずからの神格性を否定、四七年五月には、「日本国および日本国民統合の象徴」となられ、日本各地を巡行された。

天皇は生物学を好まれ、学者天皇としても知られ、その著書も数多い。

僕には忘れられない戦後のニュース映画の一齣《こま》がある。

関西のある工場を天皇が視察されたときのことである。

工場の従業員が入口への道の両側に幾重にも列んで天皇をお迎えした。

天皇は先導する工場関係者たちの最後尾を歩かれていた。その時、一匹の白い猫が天皇の後ろを横切った。

恐らく、その鳴き声を天皇はお聞きになったのであろう……

天皇は後ろを振り返り、猫を見て、ニコリと微笑まれた。そのときのお顔が慈愛に満ちていて、僕は言うに言われぬ感動を覚えた。

昭和天皇は一九八七（昭和六二）年の天皇誕生日の祝宴で、体調を崩され、中座なされた。

八月の検査で十二指腸の通過障害が見つかり、宮内庁病院で腸のバイパス手術が行なわれた。その後の闘病生活は百日余に及んだ。

一九八八（昭和六三）年の九月十三夜を病院で迎えられた天皇は、お付きの人に手鏡を所望し、月をそれに映して、

「少しかけているね」

と仰せになったと漏れ承った。

長い旱のあと、翌、一九八九（昭和六四）年一月七日に昭和天皇は十二指腸癌のため崩御された。

この日は朝から久し振りの雨が降った。

そのときの雨の韻は今でも耳に残っている。

その日、元号は「平成」に改まった。

如月の風塵森を一つ消し

僕の好きな季語の一つに「はるはやて」というのがある。「春疾風」、「春早手」、「春飆」とも書く。「飆」はつむじ風を言う。下から上に舞い上げる激しい風のことだ。

「春疾風」は、春に吹く特有の強風や烈風をいう。乾燥した烈風が吹き続き、その巻き上げる砂塵で空が黄色く濁る。中国大陸で起きて、日本にまで運ばれるものを「黄砂」という。動詞では「霾《つちふ》る」という。

「春一番」という季語もある。立春の後初めて吹く強い南寄りの風のことだ。春の場合は「春一番」と言って、冬の場合は「木枯し一号」という。

何故だろう。疑問に思ったから、気象庁に尋ねてみた。

関係者の説明によると、「春一番」は、対馬の漁業関係者の間で昔から使われて来た言葉だそうだ。春一番の吹く頃に出漁するのは危険だから見合わした方がいいと言う一種の警告であったようだ。

「木枯し一号」にはそうした謂れはない。恐らくは、「春一番」に対して「一号」という言葉をマスコミが使ったのだろうということだ。

僕がロンドンのＢＢＣから帰国したのは一九六七年の十月で、翌年の六月には「主管」に任ぜられて、英語アナウンスの現場から外れた。そして、その翌年の移動でアジア部長になった。二、三の飲み仲間を除いては全く馴染みのない職場だった。

労働組合との団体交渉にも出なければならないので、並々ならぬ苦労をした。二月ともなると、ベースアップの徹宵団交が来る日も来る日も続いた。その頃の国際分会は尖鋭的であった。

国際放送で働く職員は、国内放送で働く職員と比べて、常に日陰の存在だった。分会が尖鋭化するのも、国際育ちの僕にはよく理解できた。だから、僕は組合の考え方には、どちらかというと、同情的であった。

しかし、毎日のようにある徹宵団交には些か僕は疲れた。

ある昼、六階の北側の窓から、見るともなく代々木公園を眺めていた。

風の強い日であった。突然、一陣の烈風が起って、みるみるあたりは荒れ狂う黄塵の海と化した。その頃の都心は既にコンクリートの塊だったから、風塵は黄砂だったかも知れない。或いは、近郊にまだ在る畑などから巻き上げられた土埃が風に乗って運ばれてきたのかも知れない。

風塵が代々木公園を一瞬掻き消した。

毛バリ振る男のそびら匂ひ鳥

月山周辺のある沢を釣った。

例にして、堰堤の下の淵で毛バリを振っていた。

堰堤の高さは十メートルもあったろうか。

何処からともなく自分に注がれている強い視線を感じた。

見上げると、メスのカモシカが堰堤の上から僕を見詰めている。動物好きの僕も、可愛らしいなァ……という思いをこめて、そのカモシカを見詰めた。

どのくらいのときが経ったろうか……　僕から目を離すと、カモシカは堰堤を離れて、山へ戻って行った。

ややあって、引き上げる時刻になったので、僕は竿を納めて、クルマの方へ林道を戻った。

するとどうだろう……　忘れもしない、あのメスのカモシカが僕のクルマの脇に立っている。その様子は、まるで僕の帰りをじっと待っていたかのようだった。

僕とカモシカとの距離は三メートルもないのだ。

カモシカのクビを撫でてやりたい衝動に駆られた僕は、犬や猫をあやすように、チュッチュッと軽い舌打ちをしながら近づいた。

暫く僕を見詰めていたカモシカは哀しそうな眼差しを僕に送って、林道の反対の山へ重い脚を曳いていった。

僕はこの体験を手紙に認めて、敬愛する噺家、柳家小満ん師匠に送った。

早速、師匠からハガキが送られてきた。

そのハガキには可愛らしいメスのカモシカの絵が水彩で描かれ、例にして、師匠の句が添えられてあった。

あきらかに雌鹿一頭恋い慕う　　小満ん

建国の日の裏側を竜馬ゆく

カヤナルミ……

れっきとした女神の名前だ。

賀夜奈留美命《かやなるみのみこと》といって、気が遠くなるような遠い〜遠い〜昔の女神だ。

僕が初めて、この女神の名に出会ったのは出雲国造《いずものくにのみやっこ》 神賀詞《かむよごと》を読んだ時だ。

この神賀詞は、大和朝廷に服して出雲の国を支配した豪族が新任して一年の潔斎のあと、出雲の神々に代って天皇に述べた祝いの言葉である。この祝詞の中に大物主、事代主などともに彼女の名が登場する。

僕はナルミという極めて現代的な響きのある名にいたく魅《ひ》かれた。

古事記・日本書紀のいずれにも出てこない不思議な女神なのだ。

白水社の「日本の神々」という本で調べてみたら、吉野に近い奈良の栢森《かやのもり》というところに、この女神を祀る神社があることを識った。

そこで、僕は一九九六（平成八）年の二月十日、十一日及び十二日の三日間を奈良に遊んだ。

十一日の「建国の日」にレンタカーで栢森を訪れた。

栢森は吉野へ入る峠の手前にあった。ここで左折して、クルマが一台やっと通れるような狭い山道を登ってゆくと、目的の神社は左手にあった。

神社は二つの流れに囲まれた質素な、小さな祠だった。参詣するものも余りないらしく、賽銭箱はチリを集めていた。

ブランコがあって、村の子供達の遊び場になっている。

栢森という部落名も、賀夜奈留美命という女神の名も、朝鮮半島の「伽耶」とのつながりを思わせる。

帰途、道路脇にクルマを駐めて、用意していた昼食をとった。うららかな冬陽を浴びた段々畑が左手に広がっていて、何とものどかな風景だった。

画帳をひろげて、スケッチに余念のない一団もいた。

朝が早かったので、少々寝不足だった僕は何時しか眠りこけてしまったらしい。

柔らかい冬の陽射しを浴びた段丘は刷毛ではいたように消えて、太古の衣裳をまとったふくよかな女性像が浮かび上がった。

あの有名な神功皇后だ。

こっちを向いて笑っている。

滑り出るように夢から醒めた。例の段々畑は相変わらず燦々たる冬の陽光を浴びて静まり返っている。

スケッチをしていた一団の姿はいつの間にか消えていた。

カヤナルミは神功皇后だったのか？？？

その翌二月十二日、司馬遼太郎の訃報に接した。

紅梅やここぞ市ヶ谷自衛隊

平成十五年の二月、僕は病院の帰り、東京女子医大の前から「九段下」行きのバスに乗った。

よく晴れた日であった。

バスが「市谷仲之町交差点」で停まったとき、紅梅が目に入った。

小さな、一本の梅の木であったが、枝一杯に花をつけていた。

その時、ふと三島由紀夫のことが、僕の頭に浮かんだ。

忘れもしない。

あれは一九七〇（昭和四十五）年の十一月二十五日であった。

僕は管理職のコンピュータ研修で伊豆にいた。

メカに弱いボクは終始四苦八苦していた。

そこへ市ヶ谷自衛隊での三島の割腹のニュースが飛び込んで来たのだ。

研修会場は暫し騒然となった。

コンピュータに馴染めなくて、ストレス状態にあった僕は、このニュースで一時だが解放された。

だから、あの時のことは忘れられない。

三島には、「憂国」、「剣」、「英霊の声」など、国を憂える心情を吐露した小説がある。

憲法改正を求めて「楯の会」を結成したことは万人の識るところだ。

そして、あの日、東京市ヶ谷の自衛隊総監部を襲った。

事成らずして、彼は腹をかっ捌いて、自らの命を断った。

今、市ヶ谷自衛隊は防衛省に変身したが、彼がもし今も生きていたら、今日の日本を見て、どういう挙に出たろうか。

大いに興味深い。

紅梅や父の生《あ》れしはこのあたり

水庭家の祖先は「蛇塚」伝説にまつわる水庭若狭守

という武士だったそうだ。

菩提寺は常陸（現在の「日立」）の大雄院という真言宗の大きな寺であった。この寺の住職によると、水庭家はもともと「水庭坪」という土地の出身らしい。

この地名は今はもう存在しないが、日立には水庭姓が極めて多い。

寺は明治のはじめ頃の大火のため消失し、過去帳も灰になってしまった。遺された記録によると、僕の祖父は水庭半六といった。それ以前については今や濃い霧のなかだ。

僕の父は、はじめ敬之助といっていたが、長男の万之助が他界したため、その名を継いで「万之助」を名乗った。

祖父母の頃までは、茨城県多賀郡大字宮田に広大な家屋敷があったらしい。僕の祖父母が大病を患い、その治療のために家屋敷をカタに大金を借りた。このとき父は弱冠十六歳であった。借金を返済するために、父は東京へ出て働いた。父の弟は石岡へ出て石工として働いた。

少しまとまった金ができたので、二人で相談して貸し主を訪れ、家屋敷の返還を求めたが、僅かに不足だったためかなわず、泣く泣く諦めたという。

僕の兄の義信は学校の成績も極めてよかったので、かねがね一家から武人を一人と考えていた父は、兄が陸軍士官学校に進むことを強く希望した。

そして、ある日、兄を伴って昔の屋敷を訪ねた。ある部屋には日本刀が幾振りもあったそうだ。軍人になる兄は父から

「お前の好きなものを選べ」

と言われたことを、後に懐かしげに回想していた。

兄の生前、二人でこの地を訪れたとき、広大な家屋

敷を前にして、僕は父の無念さに思いを馳せ、感無量で暫くは立ち尽くしてしまった。


日立への父の思いは強い。

その思い黙《もだ》しがたく、父は戦前、日立駅前に土地を購入したほどだ。

菩提寺の大雄院にあった先祖代々の墓は故あって手放す羽目になったが、東京都板橋区の常盤台に在る真言宗の寺「安養院」に新しく墓地を購入した。

父は今その墓に眠っている。

紅梅を母へひともと植木市

ジョージ金一八塩（後述55頁参照）の妻よしは戦争中、次女の幸子を早稲田の家で亡くした。

幸子には喘息の持病があった。

彼女は病床に身を起し、遥か太平洋の彼方のハワイに向かい、苦しい息の中から
「パパ、ご免なさい」

と、言ったそうだ。

後になって聞いた話だが、ハワイにいたパパは丁度同じ頃、海の底へ沈んでゆく幸子を懸命に救出しようとして果せなかった夢を見たという。

一九四五（昭和二〇）年五月二十五日の東京最後の空襲で一家は焼け出され、茨城のよしの実家へ避難した。

同年八月十五日、日本はポツダム宣言を受諾して、

戦争は終結した。

一九四六年、ご主人がアメリカの進駐軍軍属として来日し、一家は感激の再会を果した。

八塩一家は、新宿区原町に土地付きの古い日本家屋を購入した。むかし流にいえば「大江戸の牛込村」である。だから、茗荷も自生している。

ご主人は家を畳むために一旦ハワイへ戻り、暫くして、民間人として再び来日した。ガレージの脇に仕事場を設け、輸出用の毛バリを巻いて生業《なりわい》とした。器用なよしも協力して毛バリを巻いた。

僕は毎日のように、仕事場を訪れて、夜はよしのおいしい手料理に舌鼓を打った。僕にとって、よしは第二の母のような存在であった。

マラソン選手、瀬古のコーチの中村清氏に出会ったのもこの作業場で、彼の渓流釣りに何度かお供をした。

いつのことであったか、僕は長女の和恵さんと青梅へドライブした。

折しも、植木市が開かれていた。

僕はよしのために紅梅を一鉢買って帰った。

明くる年、その紅梅は可憐な花を幾つも咲かせて、よしを喜ばせた。

サタンとてもとは天使やすぎなのこ

「サタン」は「悪魔」とも言われるが、実は、神に反逆して天から追放された天使だ。「堕天使」とも呼ばれる。神とその創造物の敵である。特に、サタンに狙われているのが人類だ。人類は常にサタンによる破滅への誘惑に曝されている。

サタンは今なお、神の天使として人類の非行を監視し、これを神に報告する義務を負わされている。「蛇」の形をとって、イブをそそのかしたのもサタンだ。

サタンの最高位の天使がルチフェルで、堕天使たちの頭領だ。「明けの明星」を意味する言葉でもある。

キューピッドはヴィーナスの子で、ローマの恋愛の神だ。弓を手に持つ子供として描かれる。背には小さな翼が生えているので、天使と思われがちだが、天使ではない。

キューピッドの矢が男子の心臓に当たると、心に恋情の火が燃える。

その昔、僕にもその矢が当たって結婚したが、浅かったので、直ぐ破綻した。それ以来、当たるのは流れ矢ばかりだ。

脇道に逸れたが、戦後間もなく、米誌タイムに載っていた記事を思いだした。

サンフランシスコだったと記憶しているが、ある空井戸に白人の幼女キャシーちゃんが誤って落ちた。近隣の人々が幼女を救出すべく、白人も黒人も黄色人種も、人種・宗教には関係なく心を一にして協力し、無事救出に成功した。このニュースに僕は感動した。

地球上の全人類がいつもこのように協力し合えば、戦を絶滅することができる。

生まれながらにして悪い人間はいない。

僕は性善説をとる。

つくし誰の子すぎなのこ……

ざわめきは古語らし念仏寺の春

三月の末の頃でもあったろうか……

僕は好きな嵯峨野路へ向かった。春休みの頃とて、嵯峨野は案の定、学生たちで溢れていた。騒々しいので、いつもはこの時期の嵯峨野は敬遠するのだが、仇野念仏寺の石仏群が何としても拝みたくなって、敢えて訪れてみた。

仇野《あだしの》は嵯峨の奥、愛宕山の山麓にある。そこはその昔、庶民の風葬の地であった。東山の鳥部野《とりべの》とともに有名だ。

仇野に埋葬されていた遺骨は集められて、この念仏寺に葬られた。

鎌倉時代になって、石仏が造られるようになると、ここにも墓標として石仏があちこちに建てられ、室町時代にはかなりな数に上ったと言われる。

親指ほどの小さな石仏が幾重にも並んでいる。八千体ともいわれる。

若者たちがその周りを喋りながら歩いてゆく。

三月末の日射しは結構暖かい。何かに腰掛けて、このようすをぼんやり眺めていた僕は言い知れぬ眠気に襲われた。

若者たちの会話が僕に「古語」のように響いたのは、丁度その頃、「現代俳句古語逆引き辞典」の編纂にかかっていたためかも知れない。

早蕨や安達太良《あだたら》山雨をふくみをり

山形県月山の日本海へ注ぐ渓流へは、関越自動車道で新潟へ出て、日本海沿いに北上する経路を考えつくまでは専ら東北自動車道を利用していた。

往路は安達太良を左に見てゆく。晴れ渡った日もあれば、雨の日もあり、頂に暗雲が立ち篭めているときもあった。

智恵子の空はこの山の上に毎日出ている青い空だろう、などと考えるともなく思いながらクルマを走らせる。

安達太良は特に高い山ではないが、山頂が幾つかの峰に分かれているから見落とすことは先ずあるまい。岳、沼尻、中ノ沢、横向など、温泉も結構多い。頭《こうべ》を巡らせば光る阿武隈川が見える。

今頃は湯川渓谷の紅葉が見頃だろう。

光太郎は「続ロダンの言葉」で入った印税を旅費にして、二本松の智恵子の生家を訪れ、一年の大半をここで過ごしていた智恵子を喜ばせた。

彼はその裏山の松林を智恵子とともに散策し、前方遥かの安達が原の向うにキラリと光る阿武隈川を見たに違いない。

「樹下の二人」の中で、光太郎は

あれが阿多多羅山。
あの光るのが阿武隈川。

と、繰り返し詠っている。

そこには、

指さす智恵子と、頷く光太郎がいる。

僕はある年の春先、東北自動車道を月山に向けてクルマを走らせていた。

安達太良の嶺々が視野に入ってきた。

そこには、雨を含んだ雲が低くたれこめていた。

智恵子の青い空はどこにもなかった。


今年、三月十一日の東日本大震災のあとも東北自動車道を利用していないから、智恵子の青い空が今どうなっているか皆目見当がつかない。

重力のあはひをひくわのひとしきり

私のアパートは桜で名高い千鳥ケ淵の近くにある。

花季になると、一度か二度は必ず訪れることにしている。

桜は殆どが老木で、張り巡らした枝が見えなくなるくらい、沢山の花をつける。


千鳥ケ淵へ向けて下方へ伸びた枝もある。

蒼々とした淵の所々には花筏が浮んでいる。

淵の対岸は武道館で、ここにも枝振りのよい桜が沢山ある。

淵への傾斜面には所々に点々とレンギョウが黄を灯している。

桜の淡いピンクとレンギョウの燃えるような黄が蒼々とした水面にその影を映している。

えも言えぬ景色である。


今年は異常気象のため、桜の開花が二週間ほど例年より早かった。

議事堂裏から首相官邸を右に見て行くと、左側に桜の木が一本ある。余り大きな桜ではない。

昼食のため国際文化会館へ自動車で向う途中ここを通った。

無風状態だった。

前方を桜の花びらが散ってゆくのが見えた。申し合わせたように、同じ高さを一直線をなして散って、というよりは、ゆっくりと流れて行く。まるで、その直線上だけ重力がないかのように流れてゆくのだ。

実に、不思議な光景だった。

何年か前の春先き、雪の三千院を訪れた。大きな牡丹雪が鈍色の空から舞うように落ちて来た。まるで重力に逆らって舞うように……

ものが落ちるとき、一瞬、重力の影響を受けない、無重力の帯ができるのかも知れない、とばかげたことを考えていた。

チューリップ口をすぼめて英語の［u］

終戦直後、英語の「スピーチ・クリニック（発音矯正）」を担当したことがある。

日本中の老若男女の英語発音を徹底的に矯正するのだ、という熱烈な理想を掲げて、これに取り組んだ。

一人の人間に向い合う、文字通りの一対一の授業である。

「英語の正しい発音を自分のものにしたいならば、これまでの生っちょろい考えは全て捨てよ！

日本語の音から完全に離れ、発音器官の全てに適切な緊張度を与えて発音せよ！」

と、まくしたて、熱烈な指導をしたから、受講生の度胆を抜いた。

彼らは、

「自分達がこれまで習ってきた英語の発音は一体何だったのか」

という疑問を持ち出した。

超結社の「欅の会」が椿山荘の「芭蕉庵」近くで、句会を開いたことがある。春は名のみのころで、床の間の中央にチューリップの蕾が一輪活けてあった。誰かが暖房のスイッチを入れたから大変だ。チューリップの蕾が俄に開いてしまった。

この時ふと、スピーチ・クリニックでの体験が甦った。

一対一の相手は花も恥じらう女性だった。僕は英語の［u］の発音の正しい出し方を教えていた。

「英語の［u］という音はねェ、日本語の［ウ］の発音では駄目なんです。いいですか。こういう風に上唇と下唇をグッとすぼめて音を出します。やってご覧なさい」

ルージュを濃くひいた女性の唇がチューリップの蕾になって、僕の唇へ迫って来るような錯覚を覚えて目眩を感じた。

ニコライの鐘を別れの桜かな
一、二輪なれど助命の桜かな

僕はNHKを定年退職すると直ぐ、日本大学歯学部の英語教授として迎えられた。そして、十年余の在職期間に忘れられないことがいろいろとあった。

中でも、ニコライ堂に隣接する校舎の改築のため伐られる運命にあった二本の桜の木のことは、忘れようとしても到底忘れられない。

このことについては、一九九〇年三月二十三日付けの「産經抄」で、畏友、石井英夫氏が素晴らしいコラムを書いてくれた。

その全文を左に転載させて頂く。石井英夫氏は菊池寛賞受賞のコラムニストである。

§　§　§

▼「北国の春」のように、いちどきに春の季節になった。ウメやコブシやレンギョウにきびすを接して桜前線が北上している。桜といえば絢爛艶麗な花の王者だが、しかし、街の一隅で懸命必死の春を迎えた桜もある。東京・お茶の水のニコライ堂の裏手、小川町から駿河台へのぼる池田坂という坂がある。「その昔、坂の際に池田氏の邸宅ありしにより、以て名とす。一名唐犬坂というこそ」(東京名所図絵)。その池田坂のコンクリートべい際にある桜などもその一つだろう。

▼この木は、もとは坂をへだてた日大歯学部の敷地内にあったが、数年前、同学部の改築がきまって切り倒されることになった。それをふびんに思ったM教授(英語学)が、暮夜ひそかに「ニコライの鐘を別れの桜かな」の短ざくを枝に掛けた。「いやじぶんではきまり悪いのでそっと守衛さんに頼んだ」そうで、それを読んだ学部長の決断で生き延びることになったという。といっても街中に適地はなく、移植が成功するかどうかおぼつかない。坂道をはさんだ向かいの病院におさまるまで、幾度も場所を変えたそうだ。

▼すっかり春めいた昨日の昼下がり、池田坂をのぼっていって桜に会った。根元の直径は二〇センチばかりだが、コンクリートべいから上半

身しか見えない。相次ぐ移植のために大枝が切り払われ、幹は包帯のようにぐるぐる巻きにされていた。坂を行く人びとはほとんど目もくれないが、しかしそんな痛々しい姿のまま、ふり絞るように数輪の花をほころばせている。けなげなこととしかいいようがない。その足でＭ教授を訪ねてみたら、「一二輪なれど助命の桜かな」と小声で詠んでくれた。

§　§　§

僕には宝物のような名文である。

これには後日譚がある。

教授χ　「ニコライの鐘が別れの桜かな」ではないか……?」

僕　「それではただそれだけのことになってしまって面白くも何ともない。「ニコライの鐘を別れの桜かな」と詠むことによって、伐られゆく運命にあるさくらの気持ちになった」

☆☆☆☆☆☆☆☆☆

平成二十三年一月十七日、古い友人のカメラマンから葉書をいただいた。

それには、こう書かれてあった。

「お知らせ

水庭先生の俳句がきっかけで、残されたサクラの木を一月十五日に切っているのを見ました。

残念。」

助命に踏み切って下さった佐藤学部長は、もうこの世にはない。

二輪草ともに花髪の同い歳

縁は異なもの味なものという。

その通りだ。僕の場合はその好個な例だと思う。

僕は三月二十一日生まれだから、所謂早生まれだ。しかも、あと十一日遅く生まれていたら、小学校入学は一年以上あとになっていた筈だ。遅生まれの子供たちと較べると、それだけ知的には未熟児だということになる。不公平である。成績も自ずと彼らに劣った。

僕の入学した小学校は新しく出来た池袋第七小学校という。戦災で消失してから再建されてないので、僕たちには母校がない。従って、小学校の同窓会もない。

しかし、クラス会は年に一度は開く。誰もがもう八十過ぎだというのに、集まれば話題は決まって可愛かった女の子のことである。実に他愛無い。

僕らは「七歳にして男女席を同じゅうせず」の時代に育ったから、男女別組である。しかし、可愛い女の子のことは、すぐ知れ渡るので誰でも知っている。僕らのクラス会で話題になる女の子は一人だけだといってよい。

そのかつての女の子……今はもう僕と同じ年の八十だが、その人の料《つく》ってくれる夕食に僕の命がかかっている。

僕は十年程前に、肝臓障害と糖尿病を併発してから、バランスのとれた食と規則正しい食事時間の大切さを重要視するようになった。ずっと、一人暮らしをしてきた僕は料理が全くできないと言って良い。

そこで、病弱のため結婚せずにいた、幼馴染みの彼女に夕食の料理を頼んでみたら、快く引き受けてくれた。僕がこの歳まで生きて来られたのも彼女のお陰である。

どこが、「縁は異なもの味なもの」なのか。

実はこうだ。

僕が東京外語の学生だった頃、数人が相談して陸軍病院慰問団を結成した。彼女はその一員だったのである。紅一点だ。

小柄で、和服がよく似合うから、慰問団にはなくてはならない存在だった。僕は彼女に対して、少なからぬ好意を持ちはじめた。いうなれば、一方的ではあるが、彼女は僕の初恋の人となった。だが、僕は生来内気で最後まで彼女に打ち明けることができなかった。

戦争が激しさを増してくると、兵役につくため、団員が一人欠け二人欠けして、遂に解散を余儀なくされた。

僕も昭和十九年九月に水戸の東部第三十七部隊に入営した。そして、みんな離ればなれになってしまった。堀之内の彼女の家も僕の家も焼夷弾で焼かれてしまった。

消息不明の状態が長い間続いた。

戦後、一度だけ昔の友人たちと一緒に僕は彼女に逢った。戦後間もなかったために、生きることで精一杯だったから、この時も僕は心の中を打ち明けそびれてしまった。

そして僕は、事情があって、十歳年上の女性と結婚した。結婚生活は二、三年で破綻した。

その後、どうしても結婚したい相手はいたが、いろいろな理由があって、已むを得ず、別々の道を歩くことになった。その女性は今も無二の親友である。

幼馴染みの彼女がどうなっているか、知りたいと思いつつ、歳月は矢のごとく過ぎて行った。

だが、彼女との再会の時が遂に訪れた。僕のＮＨＫ退職が視野の内に入ってきた頃だから、僕も五十は過ぎていたろう。彼女も同じ年……正確に言うと、僕より十日年上である。

願はくば弥生のあの日人知れず

今年、二〇一一（平成二十三）年一月二十五日、ＮＨＫで英語アナウンサーの同僚だった原二郎に先立たれた。該博な知識を備えた誠に得がたい人物であった。

「静の世界」へ旅立ったのだ。僕より五つほど年下である。

僕は、「死」は「動の世界」から「静の世界」への旅立ちと考えている。従って、願わくば僕の「旅立ち」は僕の誕生日に、しかも、誰に知られることもなく……！

と希っている。

一九九四（平成六）年三月二十一日、僕は古稀を迎えた。子供の頃から胃腸が弱くて、せいぜい三十五歳ぐらいまでしか生きられない、と何となく自分でそう思っていた。そんな僕が気がついてみたら七十歳になっていた。「人生七十古来稀」なりという「古稀」である。

幸いこの年齢まで生きられたのもよき友人や知人、よき職場の先輩、同僚、後輩に恵まれたお蔭だと思ったので、感謝の意をこめ、一堂に会して歓談する機会を企画した。

キザナ話だが、「生前葬」のつもりである。

が、流石に「生前葬」と銘打つことは憚られたので、表向きには「水庭進を語る会」ということになった。

NHKの同僚で無二の親友でもある邦光《くにみつ》一成と矢口堅三の両氏が司会を勤めてくれたお蔭で、参加者二百余という盛会であった。

この会の案内状に僕はこんな挨拶状を添えた。

四十の半ばを越した母
迷いに迷ってその挙句
恥を忍んで産み落とす
ボクは世に言う「恥かきっ子」

未熟児ゆえの青びょうたん
風呂に浸かれば引き付ける
ものを食べりゃあ下痢起こし
水を飲んだら腹こわす

外で遊べばすぐこける
どうしたことかそのボクが
五つの時に大火傷

それからがらりさまがわり
いたずらっこの嫌われもの
本をもたせりゃ眠たがる
弁当持たせりゃ食べたがる
家に帰ればトンボ釣り
蝉捕り魚釣り虫いじめ
ちんちくりんで　女の子
集めて泣かせてガキ大将

長じてまたも豹変し
ひょろひょろひょろと
背が伸びて
乙種ながらも合格し
軍服着ればあら不思議

父親ゆずりの遺伝子が
突然パッと花開き
いかものぐいの大食漢
酒を飲んだら夜更けまで
それでも識らぬ宿酔

取り柄と言えば負けん気で
年齢《とし》のことなどそっちのけ
仕事しごとに明け暮れて
とどの詰りは病を得
老いさらばえて古稀の齢《とし》

よくもまあこの齢までも
生きながらえて來たものと
想えば浮かぶ顔あまた
ありがとう　そしてご免なさい
同じ時代に生を得て

よき友だちに恵まれた
この幸せを想うとき
いま人生のよろこびが
しみじみ胸に迫ります

たかが人生されど人生寒椿　　進

だが、司会を勤めてくれた邦光一成君は平成十七（二〇〇五）年十月六日に不幸にしてこの世を去った。その年の暮れ、彼への年賀状が書けないことがこの世が終ったように僕を哀しませた。

僕は毎年四百枚ほどの年賀状を書く。年齢を経るに従ってこれがなんとも苦痛となった。

で、邦光君の死を機会に欠礼に踏み切ろうと考えた。

が、結局出来なかった。

九十歳を越えた先輩が何人かまだこの世に踏み止まっていたからだ。

その方々からの年賀状の届いたときは、たとえようのない安堵感と無上の幸福感に浸ることができるのだ。

今生に未だ居てくれし賀状受く　進

猫の掌《て》へ蝶は五條の橋の上

僕は南北線を赤羽岩渕で降り、徒歩で十分ほどのところにある赤羽会館の句会場へと向かっていた。

穏やかな春の日であった。

大通りを避けて、裏道に入る。いつものルートである。突き当たりの赤羽商店街にある喫茶店「ゴア」で例のツナサンドとコーヒーの昼食を摂るのが習わしだ。

この店の女主人はよほどの祭好きなのであろう。勇ましい捩り鉢巻きに印半纏姿の写真が壁に飾ってある。小麦色の肌をした美人だ。僕が坐ると

「いつものものですね?」

と、きまって声を掛けてくれる。僕は月一度しか訪れないが、ママさんには常連なのである。

だが、それはどうでも良い。

ある曲り角に差し掛かったとき、珍しい光景に出会った。異常なほど眼を輝かした白い猫が右掌、否、

両掌を挙げて頻りと何かを追っている。

猫の掌の先には紋黄蝶がひらひらと舞っていた。猫が掌を挙げて飛び上がると、蝶はそうはさせじと舞い上がる。そして、「こいこいこい!」と囃すように羽搏く。蝶が降りてくると、猫は再び跳び掛かる。

僕はしばし立ち止まって、目の前に繰り広げられている蝶と猫との命がけの立回りを観ていた。

僕の目には猫はまるで蝶にからかわれているように見えた。

咄嗟に、牛若丸と弁慶の話を思い出した。

根開きやククと啼きしは山鳩か

新潟三面《みおもて》川の支流小揚川を釣った時のことである。

この川は流程は短そうだが、実は結構長い。上流の堰堤の上には、眼も眩むような淵があって、帰路には冷汗を掻いた経験がある。その割には魚影は薄い。それからは上流は敬遠している。

そのくらいだから、中流辺りでも結構険しい渓相である。

四月初旬ごろは沢筋は雪で覆われていて、かなり危険だ。しかし、いい型のヤマメも釣れるからつい足が向く。

この頃の谷の特徴は、雪の中に林立する木々の根元部分の周りの土が露出している。木の温くみでそこだけ雪が解けるのだ。土地の人はこれを「根開き」といっている。

かんじきを穿いて釣り登ってゆくのは、疲れること夥しい。

釣り始めてから、一時間も経ったろうか。四、五人の話し声が辺りの静寂を破った。振り向くと、猟銃を担いだ猟師の面々だ。

「クマが出たから、気をつけるように……」

と声を掛けて、大急ぎで駆けるように上流へ消えて行った。

ややあって、どこかで鳥の声がした。

俳号のまま逝かれしか紫木蓮

平成十五年三月十四日、「春燈」の鈴木真砂女が九十六歳の波瀾に満ちた生涯を閉じた。恋も多かったが、多難な人生でもあった、

「いつも前向きで明るく、天真爛漫で、全く年齢を感じさせない方でした」

と、「狩」の鷹羽狩行が弔辞のなかで述べていた。

彼女の句には「恋」や日常生活などを詠った人事句が多い。

羅や人悲します恋をして　鈴木真砂女
戒名は真砂女でよろし紫木蓮　鈴木真砂女
今生のいまが倖せ衣被　鈴木真砂女

などは僕の好きな句だ。

真砂女は銀座で「卯波」という小料理屋を経営していた。

かなり前のことだが、友人に連れられて、僕は一度だけその店を訪ねたことがある。

僕たちはカウンターに陣取った。

中年の板前が一人カウンターの向うにいた。真砂女はカウンターの右端で、盛んにペンを走らせていた。会計を一手に引き受けているのであろう。写真でお馴染みの顔だ。

その右手は少し高くなっていて、日本間らしい。俳句の連衆の会合らしく、かなり出来上がっていて、声高に喚くものもいた。

真砂女は既に九十になっていたろうか……しかし、矍鑠《かくしゃく》そのものに見えた。

僕は板前と直ぐに意気投合した。

「これは足繁く通うようになりそうだ」

僕は独り言を呟いていた。

酒を飲むとき、僕には刺身……とくに白味の魚の刺身が欠かせない。

早速、タイとヒラメの刺身を注文した。

注文してからかなりの時間が経っても刺身は一向に現れなかった。

苛々していたら、刺身は外から配達されてきた。

板前は刺身職人ではなかったのだ。

自然、僕の足は「卯波」から遠退いた。

初山女魚《やまめ》雪の匂ひを掌《て》から掌へ

四月の初旬、新潟県三面《みおもて》川の支流を釣った。

一行三人である。

積雪の多い年だったから、三人ともカンジキを携行した。

雪代が入っているので、流れが速く、向こう岸へ徒渉するのはとても無理である。そこで、カンジキをつけて、こちら岸から釣り上って行くことにした。

カンジキを履くのは年に一度ぐらいだから、装着にも苦労するし、歩くのも大変だ。

流れが速いから、流心を釣るのは無理である。そこで、岸に近い、流れの緩やかなところだけを拾って順に釣ることにした。

岸近く大岩があった。その後ろが深くなっていて、緩やかに渦を巻いている。

僕がその渦に餌のキジ（みみず）をのせて沈めた。餌が底を一巡したところで、かすかな魚信《あたり》があった。

竿を立てた。逃げようとする魚の動きが、竿を握る僕の掌に伝わってきた。

「来たぞ！」

僕は叫んだ。

余りファイトしないが、かなり重い。大物かも知れない。

散っていた二人が僕のところへ集まった。

雪の上に釣り上げた魚は、まだサビがついていたが、紛れもないヤマメだ。七寸はある。

今年初めてのヤマメである。

ハリから外す。雪の上にいるせいか、ヤマメに雪の匂いがする。腹が異常に大きい。

僕はクビを傾げた。

兎に角、初めてのヤマメだから、皆に手渡す。二人にとっても初ヤマメだ。頬ずりしている。

僕の手に戻ってきた時、

「よぉ、腹が大きすぎると思わない？」

と、僕は皆に訊ねた。

「そう言えば、そうですねェ！」

と二人が同時に答えた。

そこで、僕はヤマメの腹を割いてみることにした。

腹の中からイモリが二匹出てきた。赤い腹を合わせて、まるで合唱しているようだ。

二匹とも死んでいたが、たった今呑み込まれたように新鮮に見えた。

矢張り、ヤマメもイワナも獰猛なサカナだ。

花の雲なぬかなぬかの遠会釈

日米会話学院の旅行があった。

目的地は群馬県北部の猿が京である。近くを赤谷川が流れている。まだ釣ったことのない川である。

勿論、釣り仕度をして参加した。

宿に着くや否や、僕は釣り仕度をして渓に降りた。水量も豊かなので、胸は期待に膨らんだ。

運良く、一投で型のいいヤマメが掛かった。

気が付かなかったが、それを見ていた女の先生が二人いた。そのうちの一人が後述55頁のジョージ金一八塩さんの娘さんで、その名をグレース和恵八塩という。ハワイ生れの三世である。

折しも沈みかけた夕日を眺めながら彼女は感極まったように

「サーモン・ピンク！」

と、声を弾ませた。その言葉が僕の心に焼きついて今でも時々思い出す。

グレースは八塩夫妻の長女で、ハワイのカトリックの学校の八年生のとき、祖父母に会うために母親に連れられて弟さんたちと一緒に来日した。

やがて、太平洋戦争が始まって、ハワイへ帰国することが出来なくなった。

戦後、東京女子大学の国文科を卒業した。英語も日本語も流暢な上、日米両国人の考え方にも精通した聡明な女性である。

在日アメリカ大使館のＩＲＳ（アメリカ国税庁）の一員として、日本の国税庁との交渉で余人をもって替え難い存在となり、六十歳の若さで、日本政府から叙勲された。

早稲田大学教育学部の非常勤講師（英語）を依頼された僕は、毎火曜日に朝の二コマの講義を担当した。僕は三番町のアパートから早稲田大学までの五キロほどを歩いて通った。

法政大学前の交差点あたりで、牛込からクルマで通うグレースとしばしば行き交った。気が付くとお互いに会釈を交した。

馬の背は牛込あたり夕立雲　　八塩グレース

俳句とは全く縁のない彼女がお茶の稽古の帰りに詠った句だ。

脱帽である。

春は名のみの神々唖然巨大《メガ》津波

二〇一一年三月十一日午後二時四十六分……あの東日本大震災の瞬間、僕は幸いなことに三番町の我が家にいなかった。小学校時代の同期生の誕生日（満八十七歳）をお祝するために、二子玉川近くのお宅にお邪魔していた。大変なことになったと思い、牛込に住んでいる僕の六十年来の親友の安否を気遣って電話した。

何度電話しても掛からない。

その日は勿論、帰宅できなかったので、友人の家に一晩泊めてもらい、翌朝、やっとのこと、タクシーで帰宅することができた。

地震のため僕の部屋のある四階の内壁の一角が崩れ、電気の配線が一部切断されていた。

部屋のドアを開けると、足の踏場もないほど、重い本箱やら洋書類が散乱していた。本箱の一つは倒れる際、冷蔵庫を直撃していた。

若し、あの時、僕が部屋にいたら、間違いなく大怪我……いや打ちどころが悪ければ死んでいたかも知れないと思うと、背筋を冷たいものが走った。

筆立てから転がり落ちた極太のモンブランが故障して、今もインク漏れがしている。六十年余も使ってきた愛用の万年筆なので、捨てるに忍びなく、葉書のような短い文章を書くときは使うようにしている。

もう一本新しいのがあるが、なかなか使う気にならない。

川という川を、道路という道路を巨大な怒れる黒い山椒魚のように駆け登っていったあの津波の恐ろしさは、眼に焼きついて離れない。

俳句に詠もうとしても、あの恐ろしさは……あの残酷さは到底巧く詠めない。

その後の頻繁な余震、福島原子力発電所の被害、等々の暗いニュースの連続のため、毎日、テレビ画面から片時も離れられなくなった。

そして、高齢のためか、体温の調節が巧く行かず、眠れない日が続いた。

何としても俳句にして、「詩の小筥」に収めたい。気は焦るばかりで、何一つ浮かんでこない。言うに言われぬ無念さだけが突き上げてくる。

虚しい。

八《や》百《お》萬《よろず》の神々もなす術なく呆然としている。

今でも、春は名のみの寒風が僕の体中を駆け巡っている。

春火桶ひととせ主《あるじ》亡きままに

ジョージ金一八塩は一九〇〇年二月十五日にアメリカ合衆国ハワイ州ハワイ島に八塩留蔵とおすぎの長男として生まれた。日系二世である。

幼いころ、両親が離婚し、金一は山口県の祖母の許に送られ、幼年時代をここで過ごした。

祖母は裕福であったが、金一少年は伯父夫婦に可愛がられて育った。

伯父は、屈強な瀬戸内海の腕のよい漁師で、金一少年はこの伯父から漁に関することは、魚釣りは勿論のこと、櫓を漕ぐ術《すべ》も叩き込まれた。

大変機転の利く利発な少年だったらしい。

ある夏、村の退役軍人会主宰の「ラムネ競争」があった。

海に何本ものラムネのビンを沈め、一定時間内に一番多くのラムネビンを持って上がってきた参加者が優勝するというものであった。

金一少年も大人たちに混じって参加した。

大人たちにはとても敵わない、と考えたこの少年は一計……を案じた。

海中でふんどしを裂き、それにラムネビンを括りつけ、海水の浮力を利用して浮かび上がり、見事一等賞をものにして、大人たちを唖然とさせた。

長じてハワイに戻ってからは、語学や諸々の学習で並々ならぬ苦労をしたらしい。

そして良き伴侶を得て結婚、四人の子供に恵まれた。

太平洋戦争で引き裂かれた八塩一家は戦後、日本で再会を果す。

愉しい親子水入らずの生活が長い間続いたが、やがて、金一は脳卒中を患い、遂に帰らぬ人となった。

茶の間に置いてあった古びた長火鉢は、生前、故人が愛用していたものだ。

一年が経った今でもなお、茶の間に置かれたままである。

春満月この角曲れば見失ふ

平成十四年の三月、私は七十八才になった。

運転免許証も更新した。

これで、あと三年は月山釣行が可能になった。

体力の問題だけが残る。

ものを書くには体力はそれほど問題ではないが、自分では疲れを少しも感じていなくても、他人には無理をしすぎると思えるらしい。年齢《とし》を考えれば、その通りだろう。

二十六才の時、「現代米語解説活用辞典」を処女出版してから、これまでに二十数冊の辞典類を世に送った。

本格的にものを書きだしたのは、ＮＨＫを停年退職の後、日本大学歯学部教授を九年勤め終えて、研究所教授になった時からだ。

私が六十五歳になってからである。

だから、この二十三年間で、平均、毎年一冊の本を書いたことになる。


俳句辞典が主だが、資料集めが極めつきの難行苦行だ。

一冊の辞書を作るのに万という数の句を読む。

これを一冊の辞典に編集する作業もバカにならない。

索引の作成やら校正などの作業を考えると、苦労ばかり多くて、報われることの少ない仕事だ。

この二十年余、寝る時間も惜しんで仕事と向かい合ってきた。

言葉に懐いている深い関心が私を辞典編纂へと駆り立てるのだが、利用してくれる読者がいることが、私の唯一の慰めになっている。

誰から何と言われようとも、私はこれまで歩んで来た道をまっしぐらに進んでゆくつもりである。

日向ぼこ指紋巻いてる流れてる

いつのことであったか。私が夢中になって出雲型狛犬を探し歩いていたころだから、かれこれ七、八年前のことになる。

鳥取のある神社を探していた。その神社はよく陽の当たる畑に囲まれていた。名前も忘れたくらいだから、狛犬は私が求めていたものでなかったことだけは確かだ。

森に覆われたその社には木の鳥居の前に数段の石段があった。その石段には、年老いた夫婦が腰掛けて日向ぼっこをしていた。

挨拶をして気が付いたが、男性の方は杖を片手にしていた。顔色もへんに蒼白く、そう長くはあるまいと思った。

女性の方は頬被りをしていたが、陽に焼けたとても健康そうな顔色をしていた。

一目見て、私は物悲しくなった。

私は独りものだから、病気でもしようものならもっとみじめに違いない。

これとは極めて対照的な想い出がある。太平洋戦争で消失したが、池袋近くの堀之内というところに、狭いながら我が家が在った。東南に面して「く」の字型に廊下があった。

父は菊をこよなく愛して、庭一面にさまざまな種類の菊を育てていた。懸崖の菊もあった。

秋ともなれば、観菊会と称する小宴を屡々催していた。実は、止められている酒を飲みたいからでもあった。友人も多かった。大抵は父と同年配の老人たちであった。

冬、訪ねて来た友だちと縁側で四方山話に打ち興じながら、日向ぼっこをする父の姿は幸福を絵に描いたようだった。

二〇三高地での自慢話に始まって、指紋のウズがどうのこうのへ話が弾むと、縁側は笑い声の洪水だ。

深川は都の辰巳春しぐれ

深川は江東区にある。

隅田川の河口の左側に広がる低い湿地帯だ。

運河が縦横に通じている。

江戸時代に開発された深川は江戸の辰巳の方角にあり、木場が中心だった。

その木場は一九七四（昭和四十九）年から一九七六（昭和五十一）年にかけて南東の埋立地の新木場に移った。

深川の芸者は辰巳芸者と呼ばれ、吉原の重みはなかったが、お俠《きゃん》で、気っ風がよいので知られていた。

また、俗に「羽織芸者」、訛って「羽織衆」とも呼ばれた。

初めは、女の子を男装させて、羽織を着せて宴席に出したのでこの名が付けられたそうだ。名前も甚助、千代吉、鶴次など男名前をつけたという。

また、一説には、天保の改革前までは船宿の女将を真似て、羽織を着せたからだともいう。

最盛期は文化・文政期。

天保の改革で衰退したが、嘉永頃になって復活。以来繁昌した。

歌舞伎「与話《よわ》情浮名横櫛《なさけうきなのよこぐし》」に
「なに不自由なく派手にしてござった江戸深川の芸者衆だから」

と、台詞にも出てくる。

雑俳に
吹込んだ辰巳の凬に妻荒れて
とあるのは、深川での浮気を詠ったものだ。

一九八三（昭和五十八）年に廃止された。

没落や享保雛も売られけり

僕の父方の祖先は日立の水庭家である。ご多分に洩れず、没落一族である。

母方の祖先は豊田家で、これまた没落一族である。何でも、栃木から茨城にかけて勢力を張っていた豊田家の流れをくむ一族であったらしい。

その母方の豊田家がどういう没落の道をたどったのか、私は殆ど掴んでいない。

父方の水庭家は、「蛇塚《じゃづか》」伝説にまつわる水庭若狭守の流れをくむ一族のようだ。

私の祖父母がともに大病を患って、薬代に巨額の金が必要だった。

この金は宏大な家屋敷を担保にして借りた。

父やその弟はまだ十代半ばだったが、借金を返済すべく、父は東京で東京市の交通局職員、父の弟は茨城の石岡で石工として懸命に働いた。

二人ともまだ齢《とし》が若かったから、骨身惜しまず働いても知れたもので、期限までに借金の三分の一の金も拵えることはできなかった。

それでもその後、貯めた金をすべて日立へ持ち帰って、債権者と交渉したが、非情にも一蹴され、家屋敷はすべて没収されてしまった。

僕は月山周辺を釣るとき、ある老舗の旅館を長い間定宿としていた。

旅館は初めの頃は、羽振りがよかったが、そのうちご主人が釣船を購入したり、料理店の経営に手を出したりした。

挙げ句の果ては、にっちもさっちも行かなくなり、結局、先祖からの家屋敷を手放さなければならなくなった。

この旅館には代々伝わってきた古い享保雛があって、雛祭の頃になると市に貸し出して公開していた。私も何度か見せてもらったが、なかなかの逸品であった。

その旅館が人手に渡ってから、一度、仮住まいに招ばれたことがある。仮設住宅よりは少しはましな造りだが、前の建物に較べると、雲泥の差であった。奥様と二人きりの住まいだから、昔のことを思えば遣り切れないだろうが、雨露は凌げる。可愛がっていた毛並みのいいシェパードとも一緒の暮しだ。

これから、一体何をして暮らして行く積りだろうか

……

僕は渓流釣りの拠点を隣のホテルに移した。

ある日の午後、釣りを早めに済ませてホテルに戻った僕は、着替えて真向いの理髪店に入った。

この通りには理髪店が実に多い。大概は女性が経営している。

そこで耳にした噂では、私が定宿としていた旅館の主人は自殺したということだ。

可愛がっていたシェパードを先ず安楽死させた後、自分は毒を呷って命を断ったという。

……諸行無常の響きを聴いた。

豆の花脱走兵の出るころぞ

昔は「豆」と言えば「蚕豆」だ。蚕豆や豌豆などは

春に花をつける。その他の豆類の花期は夏である。

一九四四年の二月から八月までの六ヶ月間、僕はアルバイトとして、NHKの海外放送「ラジオ東京」の英語アナウンサーだった。

同年九月、外語の四年生の僕は繰上げ卒業となり、父の生誕地の関係上、水戸の東部第三十七部隊へ入隊した。父の時代には「百二連隊」と呼ばれ、「私的制裁」で悪名高き部隊である。

入営を前にして、父からこまごまと注意があった。
「上官には決して逆らうな！　バカになれ！」

入営してみると、古年兵は意外とやさしい。時代の変化かと思っていたら、一週間はお客さん扱いだったのだ。

二週間目から、私的制裁が噴き出した。普通の会話をしていると、
「娑婆ッ気が抜けてない！」
と、怒鳴られて、往復ビンタだ。

平手打ちならまだしも、「上靴《じょうか》」という「皮のスリッパー」の往復ビンタは、「痛い！」を通り越して涙が出る。

豆の花の咲く春になると、僕はいつも思い出す。この頃、よく脱走兵が出たのだ。古年兵からいつも聞かされてはいたが、本当だった。

脱走兵が出ると、その中隊の初年兵が捜索に駆り出される。数人が一組になって、目ぼしいところを捜索するのだ。脱走兵は大抵、実家に帰っていることが多い。捕まえると、可哀想だが、兵営に連れ戻す。

馴れて来ると、お百姓のところへ行って、メシを炊いてもらって腹一杯食べる。

あの頃の初年兵は声も出せないほどひもじかったのだ。

素知らぬ顔をして、小隊に戻り、「捜したが見当たらなかった」と復命する。

捕まって引き戻された脱走兵は衛兵所の奥にある暗い営巣に閉じ込められる。

兎に角、僕らの頃の初年兵は空腹の上、過酷な軍事訓練を強いられた。

夜叉王の打ちし面《おもて》や春愁ひ

岡本綺堂の戯曲「修善寺物語」は中学の頃に読んで感動した。

伊豆修善寺の面作り夜叉王にまつわる物語だが、綺堂の代表作だ。

源頼家は鎌倉幕府の第二代将軍。

頼朝の長子である。

征夷大将軍となるが、北条氏のため独裁を封じられ、義父の比企能員《ひきよしかず》と謀って北条氏を討とうとするが、失敗してしまう。

結果、比企氏は滅亡し、頼家は将軍職を弟の実朝に譲り、伊豆の修善寺に幽閉の身となる。

面作りの夜叉王は頼家の面をうつよう要請される。
夜叉王は自分のうつ面が気に入らない。
打つ面をことごとく砕いてしまう。
なんど打っても、面には死相が現れるのだ。

頼家はやがて、北条時政らに殺される。

幽閉されていた館が紅蓮の炎に包まれるのを遠くから見ながら、夜叉王は自分の打った頼家の面に死相が現れていたのは、差し迫っていた頼家の死がその面に現れていたからだと気付く。

楊貴妃も京菜も薹の立ちにけり

岡本太郎生誕百周年の特番を今夜もまた最後まで観た。これで三度目だ。

何度観ても魅《ひ》かれる。

岡本太郎というと、僕はバー・エトワールのマダムのことを思い出す。

というのも、このマダムがよく「太郎ちゃん、太郎ちゃん」と、口癖のように言っていたからだ。

岡本太郎も常連だったのだろう。

僕自身は　岡本太郎には一度も会ったことがない。

僕が初めてこのマダムに会ったのは新橋東口にあった古いビルの一階だった。

六十年余も前のことである。

店は数人が座れる止まり木のみのみすぼらしいものだった。この頃、彼女は既に零落の道を転がり始めていたらしい。

マダムの名は　吉田初子……いや、初江だったかもしれない。

彼女が銀座の並木通りに店を構えていた頃は、凄く羽振りが良かったようで、バー・エトワールは毎晩、実業界、芸能界など各界のお偉方で繁盛していた。

彼女には浮いた噂も豊富で、当時の週刊誌をしばしば賑わしたと聞いている。

ＮＨＫの役員の一人から英語を教えてやってくれと頼まれて、僕はこの店に出入りするようになった。

初めて会った頃のマダムはとうに五十を過ぎていただろうか……

年齢《とし》は聞かなかったので、判らないが、老いたりとはいえ、小柄で美しい、愛くるしい女性であった。

それに、オシャレで、お侠《きゃん》でもあった。

どちらかは忘れたが、腕の下膊部に長いケロイド状の傷跡があった。

刃傷沙汰でもあったのだろうか……

フランスが大好きで、薄茶の薄物のショールを纏っていた。

マダムはカウンターの向こうで、僕は止まり木に腰掛けての英語のレッスンが始まった。

彼女は歌が好きなので、僕は英語の歌もレッスンの中に取り入れた。

「テネシー・ワルツ」が気に入ったようで、僕は何回も歌わされた。

彼女はフランス語で「シャンゼリゼー」を歌うと、僕がフランス語で「枯葉」を返す。

そんな訳で、英語のレッスンの方は余り捗らなかった。

最初の頃は、その店も流行っていた。

僕は客になって、ＮＨＫの同僚たちを度々連れて行った。

そのうち、客も一人減り二人減りして、仕舞いには新橋の店も畳まねばならなくなった。

そして、マダムは居を新宿の眼鏡屋の二階の一間に移した。眼鏡屋に血縁がいたらしい。

勿論、バーはとうに畳んでいた。

何をして生計を立てていたのか、知るよしもない。

ある晩、多摩川の最上流の丹波川《たば》へヤマメを釣りに行く途中、七時頃、新宿のお住まいに立寄った。初めてだったので、ご機嫌伺いのつもりだった。

その夜、マダムは

「今夜は遅いからここに泊まって、明日、朝早く出かけたらどう?」

と言う。

僕は、

「朝まだきまでに上流まで行かなければならないので、直ぐ出発します。

申し訳ありませんが、失礼します」

と、丁寧にお断りして愛車に戻った。

翌日の夜、帰宅すると、エトワールのマダムがガス自殺をした、という電話が友人からあった。

僕はすんでのところで、心中の道連れにされるところだったようだ……

告別式に参列した。

一風変わった神式のお葬式だった。

白布で覆われた台の上に、二尾の鯛が腹合せに並べられていた。

料峭《りょうしょう》の小さき仏でありしかな

ＮＨＫ国際局の先輩に吉本真造という英語ニュースのライターがいた。小柄だが、小綺麗なコールマン髭を蓄えて、なかなか品があって端正な顔だちをしていたから「殿サマ」のあだ名で同僚から愛されていた。彼が書く英語ニュースは優しい言葉を遣って綴ったものので、それを読む僕たち英語アナウンサーの間では極めて評判が良かった。

酒が何よりも好きで、僕もよく飲みに連れて行かれた。

NHKを定年退職すると、千葉の富津《ふっつ》に隠棲した。

糖尿の持病もあった。

病状が悪化した時、僕はお見舞いのため富津のお宅を訪ねた。思った程弱ってはいなかったので、胸を撫で下ろした。

「酒ばかり飲んでいると、ボクみたいに糖尿になるから、注意したまえ」

と戒めてくれた。

彼は熱心な硬貨のコレクターで、夥しい数の古銭を僕に見せてくれた。

「折角蒐めたけれども、君にならら譲ってもいいと思っているが、買ってもらえないだろうか？」

僕は世界中の硬貨に興味があって、かなりな数を蒐めていたが、年とった独り者なので、持っていても仕方がないと考え始めていたので、お礼を言ってお断りした。

それから、一か月程した二月ごろだったろうか、彼の訃報に接した。

東京から富津は遠方でもあるし、NHKから参列したのは僕一人という淋しい葬式であった。

僕はNHKを代表して弔辞を述べた。

お別れの時が来た。

棺の中の彼の遺体は痩せ衰えて、余りにも小さかった。

これが嘗て僕らに愛された「殿サマ」かと思ったら無性に哀しくなった。

夏

朝凪や何か耳打ち蟻の列

宇治の平等院を訪れたときのことだ。猛暑の夏も終わりに近づいていた。しかし、その朝は無風状態であった。けたたましいアブラゼミの大合唱の中、僕は鳳凰堂の前の池の周りを散策した。朝まだ早かったが、かなりの数の人が暑さを逃れて池のあちらこちらに三々五々見うけられた。近所に住む人たちであろう。

池の周りには、何の樹だったか忘れたが、樹木がほぼ数メートルおきに植えられていて、涼しい木蔭を作っていた。

ある樹の根方で、蟻の列が目に入った。二列である。往きと戻りの列の蟻がときどき列を離れて、頭を突き合わせては元の列に戻って行く。情報を交換しているように僕には思えた。

その列を目で追うと、列は樹を上ってゆく。情報交換は樹上でも続いていた。

根方から一メートルほどのところにアブラゼミを見つけた。目を上げて追って行くと、ほぼ十センチ間隔にアブラゼミがいて、声を限りに鳴いているではないか。最後の力を振り絞っているように僕には思えた。

僕がどんなに近づいても逃げるセミはいない。どのセミにも逃げる力は最早残っていないのかも知れない。

僕は右手を上げて、セミに近づいていった。逃げる気配は全くない。らくに一匹捕まえた。捕まえられると、蝉は一層声を張り上げた。

僕はそのセミを幹のもとのところへ戻してやった。セミはそのままとまって鳴き続けている。普通なら間違いなく逃げるのだ。この樹のセミはどれもこれも死を目前にしているに違いない。平等院の庭のセミというセミは瀕死の状態にあるに違いない。

親子連れが通りかかった。父親に手を引かれた男の子は五、六歳と見えた。

僕はその子の年頃に、よくトンボやセミを捕って遊んだから、その子に声を掛けた。

「坊や。そこにいるセミを捕まえてごらん。

簡単に捕まえられるよ」

その子はおそるおそる手を出した。

小さな手にセミが捕まった。

紫陽花や宇宙の青き星に棲む

八塩よしの長女のグレース和恵は母亡きあとの家屋敷を一人で守っている。

その庭には夏草が生い茂る。毎朝、一平方メートルの雑草を引き抜くことにしているようだが、僕には体力の浪費と思えてならない。

そこで、僕は夏草は生い茂るままにしておいた方がおもむきがあって良いと、彼女に提言するのだが、ほったらかしにして置けないらしい。

僕は彼女を「深草の君」と呼ぶことにしている。あらゆる点で、僕は残念ながら彼女にとても敵わないと考えているからだ。

庭は夏草ばかりではない。葡萄の木も中庭と裏庭に一本ずつあり、秋には甘酸っぱい香りを庭いっぱいに漂わせる。

極めて美味な実をたわわにつける柿の木も二本ある。晩春になると、その周りを紫がかった白い大根の花が彩る。

金柑も毎年実を結ぶし、茗荷も自生している。種から育てたグレープ・フルーツの木も毎年、小振りながら淡い黄色の実を結ぶ。バラの花も大輪の赤や白の豪華な花を開く。玄関脇には鈴蘭が可憐な白い花の絨毯をひろげて来訪者を迎える。

「深草の君」の庭の六月の主役は何といっても紫陽花である。

紫陽花は雨の似合う花だ。梅雨は正に紫陽花にとって、またとない季節といえる。雨に打たれてわななくさまはまた捨て難い。英語ではhydrangeaというが、hydroはラテン語で「水」を意味する。

ソ連の宇宙飛行士、ウラジミール・ガガーリンは宇宙から見た地球について

「地球は青かった」

と、感想を述べた。

地球の表面の約三分の二を占めるのは大洋だから、地球は「水の惑星」と呼ばれるに相応しい。

おとうとの虹を奪って了ひけり

八塩スティーブン敏朗は八塩家の第三子、長男として、ハワイで生まれた。姉は二人、妹は一人である。

敏朗はハワイの聖心修道院には一年間通学した。

一九四〇年、母よしは夫をハワイに残して、子供たちを連れて来日した。祖父母に会わせるためである。その年、太平洋戦争が勃発し、一家は帰国できなくなった。

敏朗は東京の牛込第二中学校を経て、早稲田高等学院に進む。この頃、野球部に属して野球に熱中した。続いて、早稲田大学理工学部の機械科に進学、自動車部に身を置き、日本全国を走り回った。

卒業後間もなく、志願して三年間をアメリカの軍隊で過ごした。

子供の頃は余りモノを言わない子だったようだ。長じても口数は少なかった。しかし、一旦口を開くと、軽妙なジョークが飛出して、回りの人を喜ばした。

僕はべちゃべちゃ喋る男は嫌いだから、直ぐ、敏朗と意気投合した。

敏朗は惚れぼれするようなイイ喉をしていて、得意な民謡を唄って、聴くものを魅了した。

落語や釣りが趣味だったから、僕は敏朗がたまらなく好きになった。それに、敏朗と僕は理想の女性像をも共有していた。

そして、水庭家の末っ子の僕は、敏朗のことを実の弟のように思うようになった。

アメリカでは、アムパック社に入社……

一九六六年一月、敏朗は東京で結婚式を挙げた。たまたま英国から一時帰国していた僕は、司会役をかって出た。

敏朗夫妻は三人の男の子に恵まれ、子供の顔を見せにたびたび来日した。

ある晩、僕はいつものように、敏朗の母、よしの手料理を頂いていた。

雨が降り出した。

すかさず敏朗が、

「水さん、釣りに行かない？」

と、誘って来た。

「うん、敏ちゃん、行こう！」

僕は、二つ返事で同意した。

そして、二人は共有のポンチアックで、原町の家を発って、多摩川最大の支流の秋川へ向った。

雨は渓流釣師にはこたえられない。川の水量が増えて、魚のクイが良くなるからだ。

三月の中旬だったから、解禁間もなくだった。

南秋川を釣ることに意見が一致した。

南秋川に架かる橋を渡って、直ぐクルマを停め、川原に降りた。

　朝まだきである。

　僕は馴れているから、腰までの長靴をなんなく穿いて釣り仕度を完了した。

　敏朗は、何故かもたついていた。暫く釣りから遠ざかっていたに違いない。

　気が逸っていた僕は、敏朗を待たずに一投した。

　川幅は三メートルほどだったろうか……

　水深は浅そうだが、荒瀬である。

　ハリが岩を食わえ込んだような感触が僕の棹先に伝わってきた。

　兎に角、カラ会わせをした。

と、どうだろう……　猛烈に強い力がつっ走るように棹先を上流に引張る。

　敏朗が手網を手に、僕の側にきた。

　少し遊ばせてから、僕は魚を引き寄せた。

　敏朗がなれた手つきで、魚をタモに納めた。

　十六インチのおおものである。

　帯状の赤い斑紋が鮮やかなニジマスであった。放流されたニジマスの野生化したものだろう。

　ホッと一息ついて、我に帰った。

　何故、僕はこの虹を釣ってしまったのだろうか。敏朗に釣らせればよかった！　遥々アメリカから来たのだから……

　といくら悔んでも、後悔先に立たずである。

　僕はこのとき、敏朗の幸福を奪ってしまったように思えてならなかった。

　一九九七年七月、敏朗は肺癌で六十三歳の生涯を閉じた。

鍵穴へ卑弥呼《ひみこ》引き寄せ青田風

数年前のことだ。

近鉄の纏向《まきむく》駅で降りて、箸墓《はしばか》に向かった。

僕が卑弥呼の墓と確信している古墳である。

この辺りは古墳が多い。箸墓は中でも最も大きいし、駅からそれほど遠くないから、訳なく捜せると思っていた。

ところがである。これがなかなか見つからない。かなり歩いた挙句、道に迷ったことに気が付いた。

何人かの地の人に尋ねてみた。誰も箸墓の名前さえ知らないのだ。困り果てて、纏向駅へ戻ることにした。始めからやり直しである。

駅が近くなった頃、僕の眼を小さなトンボが掠めた。全身真っ黒な「蝶トンボ」だ。子供の頃よく見かけたが、戦後見るのは初めてである。

僕は箸墓のことをすっかり忘れて、いつしかこのトンボを追っていた。小さな沼に出た。見ると、沼を埋め尽すように蝶トンボがいる。暫し、見とれていた。

ややあって、箸墓のことを思い出した。沼から眼を左にやると、そこには鬱蒼とした巨大な森があった。これが捜している箸墓に違いないと確信し、その方向に歩き出した。

かなり広い青田が森の手前に広がっている。その右には池があった。後で判ったことだが「大池」というのだそうだ。

青田の左側から森に近づいた。大きくて威厳に満ちた森だ。古墳だと確信した。森の向こう側に出て、森に沿って歩いた。森の右側の中心部に木造の小さな建物があって、中に人がいる。宮内庁から派遣された役人であった。

その直ぐ脇にあった案内板には、『倭迹迹日百襲《やまとととびももそ》姫命』と書かれていた。

この姫にまつわる面白い説話を思い出した。

この姫は大物主神の妻だが、自分のもとに通って来る夫の姿を見たことがない。そこで、ある夜、

「どうか、一度、姿を見せて下さい」

と、大物主神に懇願した。すると大物主神は

「明朝、櫛笥《くしげ》を開けてみなさい」

と告げた。「櫛笥」とはクシなどの化粧道具を入れておく箱のことだ。

翌朝、姫が言われた通りに箱を開けてみると、中から小さな美しい蛇が出てきて、人の姿に変身すると三輪山の方へ登って行った。

驚いた姫は箸で自分の陰《ほと》を突いて死んだという。それで、この墓は「箸墓」と呼ばれるようになったということだ。

僕はこの箸墓こそ卑弥呼の墓だと確信している。が、築造は四世紀前半から中葉ごろと言われているので、三世紀半ばと言われる卑弥呼とは一世紀近くのズレがある。

しかし、数年前に、近くの勝山古墳から出土した檜材五点の伐採時期を調査したところ、この古墳の築造時期は三世紀前半という結果が出たそうだ。

卑弥呼に限り無く近づいた。

額あぢさるアラハバキ守《も》り農を守り

アラハバキ神を求めて日本列島を遍歴したことがある。

アラハバキは「東日流外三郡誌《つがるそとさんぐんし》」に出てくる神の名だ。

出雲に翔んだ。

出雲にはこの神の痕跡があると思ったからだ。

松江の駅前でタクシーを拾い、行く先の阿羅波比《あらはひ》神社を告げた。

東北弁の応えが帰ってきた。

「運転手さんは東北出身?」

「いえ、生粋の出雲人です!」

彼は胸を張って言った。

松本清張の「砂の器」を思い起した。

ひょっとすると、東北弁は出雲弁が元祖なのかも知れない。

東北弁に通うものが九州にもある。

NHKで同僚だった人に熊本出身者がいた。

彼の話す日本語は東北弁に良く似ていた。

古代に出雲族の日本列島大移動があったに違いない。

製鉄に携わった出雲のタタラ族の大移動だ。


日本列島に豊富にある森林を求めて、西へ東へと移動して行ったのだろう。

木材は製鉄には欠かせない燃料となる。

雄山閣出版で、志賀剛著の「日本の神々と建国神話」の中に熊本の製鉄についての記述がある。

その目次に
　　波比伎神(フイゴの神)

　　疋野神社と古代製鉄業
という項目があった。

これによると、熊本県玉名市にある疋野神社の祭神は「波比伎神《はひぎ》」で、「ハヒギ」は「ハイフキ」から転化したものだという。

灰吹きで灰を吹くと火勢が強くなる。

「波比伎神」は「フイゴ神」のことだ、と先生はいう。

「タタラ神」なのだ。

五日市街道の二宮に扁額こそ掲げてないが、「荒《あら》波々伎《はばき》社」がある。

みすぼらしい祠の右手にはズック靴やサンダルを入れた袋が沢山ぶら下がっていた。

足の病気も目の病気も製鉄に携わるもののいわば職業病と言っていい。

朝日新聞に歌人、山中智恵子さんの文章が載っていた。

「病弱の所為もあって旅は余りしないが、先年、月山に行き、深く感動し、それ以後の歌に、月山の地主神荒吐《あらはばき》神の影が揺曳するようになった」

修験者の山、月山を眺め、月山の沢を釣るたびに、僕自身、アラハバキの匂いを感じ取ってはいたが、僕が探し求めていたアラハバキ神とは何処か違っていた。

月山の周辺では「男根」を祀った祠や、注連縄をかけた男根に似た岩をところどころに見た。

足の病気は腰下の病気ということで、男根も含まれるようになったのだろうか。

宮城県中部の多賀城の近くにアラハバキ神社がある。狭い道を行くと、「荒脛巾《あらはばき》神社」の扁額を掲げた朱塗りの小さな鳥居があった。

鳥居を潜って中へ入ると、左手に農家らしい民家があった。

近くで、畑仕事に勤《いそ》しむ男女が目に入った。「荒脛巾神社」と書かれた高い標柱の側面に「……願をかけると腰より下の病気が治ると言い伝えられている」と書かれていた。

ここにもズックや靴やサンダルの入ったビニールの袋が吊されていた。いろいろなサイズの義足の外に木製の男根が供えられていた。

数ふれば娘盛りや桐の花

僕は二十五歳の五月、十歳上の女性と結婚した。妻はそれよりかなり前、腎臓結核で片方の腎臓を摘出していた。

僕のすぐ上の兄は同じ病に冒されて、薬石効なく二十一歳の若さでこの世を去った。当時は、ペニシリンなどなかったから、傷口が化膿して遂に帰らぬ人となったのだ。

ところが、妻は手術後の経過も順調で、手術から数年も経っていて、ほぼ普通の健康状態であった。

僕が十歳も年上で、しかも腎臓が一つしかない人と結婚する決意をしたのも、亡き兄が僕を妻に引き合わせたという運命的なものを感じたからだ。

結婚するにあたって、我々が最も配慮したことは妻の妊娠であった。腎臓は片方はスペアで、一つあれば日常生活には十分だということは、アメリカの週刊誌で読んだ。しかし、妊娠の腎臓へかける負担は大きいと聞いているから、これが最大の難関であった。

そこで、僕たちは専門家とも相談して、妻の身の安全に配慮し、避妊へと踏み切った。放射線による避妊処置である。

その三回目かに、放射線照射が人体に及ぼす影響が気になりだした。そのため、照射を中断して、外の方法を試みることにした。

しかし、妻は一か月ほどして、身ごもった。

折角授かった命を産むべきか、産まざるべきか僕たちは真剣に悩んだ。僕のすぐ上の兄、正義は夭折して子はないし、長兄は戦時中朝鮮半島で受けた放射線治療で、子種を失っていた。

だから、水庭家の家系は僕の子供にかかっていた。

僕に子がなければ、水庭家は断絶の憂き目をみることになる。

初めは、僕も妻も出産することで合意した。しかし、腎臓が一つしかないため、出産時に妻の身体が果たして出産に十分耐えうるかどうか、という危惧が頭をもたげて来た。専門家は大丈夫だろうと言ってくれたが、百パーセントの保証ではない。それに、放射線照射の影響が生まれてくる子に全くないとは言えないようだ。

こうした事どもを勘案して、僕たちは妊娠中絶に踏み切った。妊娠三か月頃だったと思う。妻も無念だったろうが、僕も無念遣るかたないものがあった。これが子を持つ二人の最後のチャンスと思えたからだ。

僕は生まれ出てくる子が女の子のように思えてならなかった。巷間、夫婦間では愛情の深さの程度によって、夫の方が深ければ女の子、そうでなければ男の子が生まれるという。僕には特に理由はないが、生まれ出て来る子は女の子のような予感、いや願望があった。

男の子でもよい、あの時、無理をしてでも産んでもらうべきだったと、今になって頻りに悔やまれてならない。

優生学的見地に立てば、僕らの場合、妊娠中絶は許される。かと言って、生まれ出る貴い一つの生命を葬ってしまったことの責任は大きい。

マザー・テレサがいみじくも言ったように、妊娠中絶、「それは人を殺めること」なのだ。

僕は生涯、この十字架を背負ってゆくことだろう。

気骨ある仁でありしよ青嵐

いつのことであったか、僕は地下鉄「銀座線」の車両の中で、偶然にも敬愛する澤田明信先生に遇った。

先生は帝大……現在の東大の理系の出身で、卒業後、三菱金属に入社したが、会社への不満から、あっさりと辞職し、高校で物理を教えた。一徹なところのある人柄で、「東大は日本を滅ぼした」と口癖のように言っておられた。

恐らく「科挙」のことを考えておられたのであろう。

僕がどうして銀座線のあの車両に乗っていたのか、思い出せないが、多分、銀座へでも行く途中だったのだろう。

電車が「新橋」に着くと、僕の前に立っていた乗客たちが、一斉に降りて行った。

見ると、僕の向いの席に先生が坐っている。

先生は虎ノ門病院から帰宅する途中だと、仰しゃっていた。

当時、僕らの月例句会は赤羽会館で毎日曜日の午後一時から開かれていた。僕も先生も南北線を利用していたので、偶然、お会いすることが何度かあった。帰りはいつもご一緒だったから、先生と二人っきりの会話を愉しんだ。

先生のお招きで、学士会館のレストランでディナーに舌鼓を打ちながら歓談したことも何度かあった。

いつの頃からだったか、お元気だった先生が句会に姿をお見せにならなくなった。

暫く続いた先生の投句も絶えがちになった。

僕は自費出版の第一作「恥かきっ子」を先生にお贈りした。

先生は熟読して、二度も電話してこられた。その度に、僕の本についての感想や、人生についての三十分もの長い間、話して下さった。

平成十三年七月一日の句会で哀しい知らせに接した。ご高齢とはいえ、まだまだ大丈夫だと確信していたので、澤田明信先生逝去の報せは僕には大きなショックだった。

安らかなご永眠と聞いた。

象潟の雨に宿りぬ誘蛾灯

あれは真夏の旅であった。

八月の釣りは煩わしい。ヘビも恐ろしいが、沢はクモの巣だらけで、頭や顔にくっつく。快適な釣りはとても望めない。水量も少ないから釣果にも期待が持てない。

そこで、七月と八月は東北を旅することにしている。

あの旅の対象は西津軽の十二湖と深浦の円覚寺であった。

湖の数は実際には三十余りだそうだが、大崩山というところから見ると、その内の十二が見える。で、「十二湖」と言うのだそうだ。大小さまざまだが、どれも森の静けさの中にあって、神秘さを漂わせていた。外国の珍しい魚を養殖している湖もあった。

深浦の円覚寺は女性の頭髪で刺繍した八相《はっそう》釈尊涅槃図などが極めて印象的だった。

五泊六日の旅だったと思うが、泊った旅館の場所も名前も殆ど憶えていない。鮮明に憶えているのは、何処へ行っても、貝類ばかり食べさせられて、食傷気味になったことであった。そろそろ、新鮮な魚の刺身が食べたくなっていた。

南下して、そぼ降る雨の中を象潟へ出た。勿論、蚶満寺を訪ねるためである。境内には舟を繋いだ石が遺っていて、その昔、この辺りが海であったことを雄弁に物語っていた。周りは青田の海で、昔は島であったであろう隆起が散見される。二百年ほど前の大地震がもたらしたものである。

蚶満寺は昔、この辺りの地名に因んで蚶方寺と呼んだらしい。「蚶《きさ》」は赤貝の古語という。これもこの辺りがかつて海であったことをうかがわせる。

その蚶方寺の「方」が「万」と読み違えられて「蚶万寺」となったというが、果たしてそうであろうか。

雨が勢いを増してきたし、陽も西に傾いてきた。芭蕉の句を偲んで、象潟に宿をとることにした。「国際観光ホテル」であった。

夕食に生の岩牡蠣が出た。これまで、八月にカキを生でたべたことがないので、少々不安になったが、まるまると肥っていて、食べたら舌の上でとろけるように旨かった。

窓の外の暗闇に誘蛾灯が妖しげな光を投げかけていた。

肝試し口笛鳴らし戻りけり

五、六歳の頃のことであろうか、ラジオから流れて来る連続放送劇「牡丹燈籠」を、時々、両耳に人差し指を差し込みながら聴いた夏の夜のことを僕は鮮明に憶えている。

子供の頃、僕は池袋に近い堀之内に住んでいた。この町名は今はない。

直ぐ西側には数多くの鉄路が走っている。線路へ出る少し手前にトタン板で区切られた小さな墓地があった。中には、古ぼけた墓石が数基……

あるものは傾き……

あるものは崩れ……

また、あるものは地に伏していた。

風雨に曝されて黒ずんだ卒塔婆も数本、傾いたり倒れたりしていた。

道路側の真ん中辺に入口があって、自由に出入りできるようになっていた。

夏になると、僕たちは昼でも気味悪いその墓地へ棒っきれを置いてくる「肝試し」を毎晩のようにやって遊んだものだ。

十人ほど子供が集まると、先ずジャンケンで順番を決める。

最初の子は棒っきれを持って墓場へ行き、それを墓場へ置いてくる。そして、次の子が墓場からそれを取り戻してくる。これを全員が繰り返しやる。

当時は外灯などはないので、夜になると鼻をつままれても判らないくらい真っ暗だった。

濡れ手拭いなどを持って途中で待ち伏せ、通る子の顔を撫でたりして恐怖を煽るものもいた。

長い竹竿の先きにつけたヒモに、ヒトダマの形に切った白い紙を幾つも結んだり……

それぞれ思い思いの趣向を凝らして、相手を怖がらせようと工夫した。

あの頃の子供たちは、夏には殆ど白地のユカタを来ていたから、真っ暗闇でも直ぐ見分けがついた。

怖がらせるほうは物陰にかくれているから見えない。

子供たちの中には、怖くなって棒っきれを抛り込むと、一目散に駆け出して帰ってくる憶病者もいた。

極め付きの臆病者の僕もその一人だった。

しかし、僕の帰りを待っているみんなの姿をみると、僕は駆けるのをやめて、吹けもしない口笛をぎこちなく吹いて、怖くも何ともないぞ、と言わんばかりの顔をして戻ったものだった。

幽霊家敷や肝試しなどは、昔の日本人が考え出した素晴らしい消夏法だ。

ところが、俳句の夏の季語になっていないのはどういうわけだろうか。

イギリスでは、幽霊の話は寒い冬に多い。

冷たい強い北風が北海から吹きつけるので、何処の家でも暖炉をアカアカと焚く。煙突を通る北風が虎落《もがり》笛《ぶえ》のような無気味な音を立てる。

自然、暖かい暖炉を前に一家団欒の風景が生れる。

怪談好きのイギリス人はここぞとばかり、幽霊の話に打ち興ずる。

新聞などに幽霊に遇ったという体験談が載るのも冬の頃だ。

雲の峰頽《くづほ》れ島田正吾かな

ボクは島田正吾が大好きだ。

正吾は一九〇五（明治三十八）年、横浜市で生まれた。

一九二三（大正十二）年、十九歳のとき沢田正二郎の「新国劇」に入団した。

正二郎が一九二五年に歿すると、正吾はその後継者に抜擢された。

そして、辰巳柳太郎とともに劇壇の中心的存在として目覚ましい活躍をした。

「瞼の母」、「関の弥太っぺ」、「一本刀土俵入り」、「白野弁十郎」など、数々の舞台で名演技を披露して観客を沸かした。

一九五八年には第十回毎日演劇賞、七四年には芸術選奨文部大臣賞など、数々の賞を受賞して、演劇界の頂点を極めた。


一九九四（平成六）年九月放送開始のＮＨＫ連続テレビドラマ、金曜時代劇「十時《とき》半睡事件帖」は正吾が初めて主演したテレビ時代劇で、正に傑作中の傑作であった。

正吾がそこにいるだけでサマになったし、誠に渋い演技でボクをテレビに釘付けにした。

だから、ボクは金曜日が来るのが待ち遠しかった。

その正吾が九十七歳になっても続けていた独り芝居「夜もすがら検校」は、是が非でも見たいと思っていた。

しかし、ぐずぐずしている間に、遂にその機会を逸してしまった。

二〇〇二（平成十四）年八月十五日朝、島田正吾が突然体調を崩したため、独り芝居が中止になったからだ。

いくら悔やんでも悔やみきれない。

そして、二年後の二〇〇四（平成十六）年の十一月十六日に遂にこの世を去った。享年九十八歳であった。

句を置いて逝つてしまひぬ百日紅

僕が竹橋にあった東京外国語学校の英米科へ入学したのは太平洋戦争の始まる昭和十六年四月であった。

校舎は兵舎のようなおんぼろな建物だったが、内堀に近く、二つとない環境の中にあった。

敵性語を学んで、日本のために役立とうとは毛頭考えていなかった。ただ、好きな英語を深く探究したいという熱意に燃えていた。

最初の友は萬年豊君だった。何処の出身か聞いていなかったので、定かではないが、山形県だったかも知れない。強度の近視だったのだろう、細面に分厚なレンズの眼鏡を掛けていた。

萬年豊君は英作文がうまかった。

昼の休み時間には近くの和気清麻呂の銅像へ行って、美しい石垣と濠を眺めながら、英作文は固より、英語全般に渡って意見を述べあった。

素晴らしい友を得て、毎日の授業が愉しかった。

ところが、その萬年豊君が粟粒結核を患って、あっという間に逝ってしまった。なんでも、結核菌が血行を通して身体の各所の臓器に運ばれ、そこに無数の粟粒大の結節を作る疾患だそうだ。

彼の急逝を母に話したら、名前負けしたんだね、といっていた。余りにも急な他界だったので、僕は長い間、彼の死を悼んで自分を取り戻すことがなかなか出来なかった。

二年生のとき、山田喜八郎という小田原出身の友が出来た。哲学に興味があるらしく、道元を研究していた。腎臓結核で片方の腎臓を摘出していた。

戦後、彼が湘南の女子高校で教鞭をとっていたころ、彼の企画した行事に僕はアメリカ軍の将校とともに、招かれた。彼は、いつも生徒のことを考えて、独自のプランを次から次へと考えて。それを速やかに実行に移す、熱血の英語教師であった。

やがて。彼は女子生徒の富士子さんと結婚する。夫婦仲は頗るよかったが、残念なことに、子どもに恵まれなかった。

山田夫妻とはよく食事をした。僕の長い友人の八塩グレース和恵さんと僕の四人がいつも一つのテーブルを囲んで談笑した。それは愉しい食事であった。

山田君は長い間透析を受けていた。

残った腎臓機能も悪化してきて、入退院を繰り返すようになった。

ある日、彼からハガキが届いた。それには、

「背中に腫れ物が出来たので、今、検査中です」

と、書かれていた。

次に届いたハガキの字は踊っていた。

「水庭君、腫れ物は悪性ではなかったよ！
また四人で夕食をしよう！」

久し振りの愉しい晩餐は池袋駅前で実現した。

それから、間もなくして、彼は再び入院した。

奥様、富士子さんの話では矢張り癌だったようだ。

僕は八塩さんとともに病院に彼を見舞った。折悪しく、彼はベッドに横たわってイビキをかいて寝ていた。尋常でないものを感じた僕は、彼を揺り動かそうとした。

ちょうど看取っていた妹さんが、ベッドの脇の抽き出しから一枚のカミを取り出して僕に手渡した。

乱れた筆運びだったが、

かの星はいづくに墜ちん天の川

と、記されていた。

八月の暑い暑い日であった。

奥様、富士子さんも、それから間もなく、山田君の後を追うようにして逝った。

恋螢ひとつ囲って根岸かな

若いころのヤマメ釣りは、夕方に東京を発って目的の川へ着くのは夜中に近い。

クルマを駐めて、ビールを飲んでいると、漆のような暗闇の中をホタルが蒼白い光を曳いて飛んでゆく。渓《たに》の音を消すように甲高い、美しいカジカの鳴き声が聞えてくる。自然の真っ只中にいるという感懐に浸るひとときである。

子供のころ、捕まえたホタルを両手のたなごころの中に囲った。そして、ホタルの蒼白いヒカリが点滅するのを指の隙間からのぞき見て、その妖しい美しさにうたれた。

渓筋で暗闇の中に見るホタルは殊に妖しく美しい。しかし、じっと見ていると、闇の中でただ独りヒトダマを見ているような錯覚にとらわれて、背筋に冷たいものが走る。

東京台東区の北部に「根岸」と呼ばれるイキな一角がある。上野公園の北東にある閑静な地域である。

昔は、大店《おおだな》の旦那衆がおメカケさんを囲うのはこの根岸が圧倒的に多かった。黒塀の格子作りの家である。

落語にある「悋気の火の玉」もこの根岸が舞台だ。

骨壷の半ばを余し葉桜に

平成十三年四月六日、母方の従妹で、長い間、癌と闘っていた寿美ちゃんが闘争にやぶれて遂に帰らぬ人となった。

僕が母の五十回忌の法要を東京板橋の常盤台の安養院で営んだ直後であった。病床にあった寿美ちゃんは勿論、法要には出席できなかった。

山村寿美子は画家と結婚したが、子はなかった。暮しも楽ではなかったらしい。

通夜も告別式もやめて、「お別れの会」が春日町近くの興禅寺で行なわれた。

寿美ちゃんは若い時から共産党員として、福祉や社会の底辺の人たちのために活動してきた。

共産党員の区会議員、都会議員、そして現役を退いた著名な大物党員も参列してくれた。

弔辞を聴いていて、寿美ちゃんが如何に生前、社会のため、党のために尽したかがよく判った。

思想的に、寿美ちゃんと僕とは異なっていたから、軽い意見の衝突は時々あったが、僕たちの血管には同じ豊田家の血が流れていたから、普段はとても仲良しだった。

僕が「釣りの英語活用辞典」を編纂していたとき、寿美ちゃんは中国から中国のサカナの本を取り寄せて贈ってくれた。

僕は八塩和恵さんのクルマを運転して、母の故郷の真岡や東沼や南高岡へドライブしたことがある。僕の姪の和子、甥の元二、そして寿美ちゃんも一緒だった。

川面を飛び交うショウリョウトンボを見ながら川沿

いを歩いたあの日のことを僕は懐かしく思い出す。

看病した妹の久仁ちゃんの話では、病床の寿美ちゃんは、いつも此の時の愉しかったことを懐かしそうに話していたそうだ。

寿美ちゃんは町屋の斎場で荼毘に付された。

もともと小柄だった寿美ちゃんは、長い闘病生活で、いよいよ痩せ細ったのだろう……

その遺骨の少なさを見て、僕は言い知れぬ哀しみに襲われて絶句した。

これがかのよもつひらさかかはづなく

小学六年生の時の担任、山本豊先生が平成六年の三月に八十六歳の高齢で亡くなった。その年のことだから、今から凡そ十数年前のことになる。

兵庫県加西市の先生のお宅を訪れ、香華を手向けた。その折り、かねがね訪ねてみたいと思っていた、島根県の松江まで足を伸ばした。

岡山から伯備線で松江に向かった。

列車は暫くの間、高梁《たかはし》川に沿って走り、中国山脈を越すと、日野川が左手に見えてくる。

この川が古事記に出てくる「肥河」ということもあり得るかも知れない、とぼんやり考えながら川の景色に見入っていた。

日野川も定説の斐伊川もその源は比婆山、現在の「船通山《せんつうせん》」にある。いつの日か調べてみようと思っているうちに、列車は松江に着いた。

松江城の近くで、これまで見たこともないトンボを見かけた。トンボ少年だった僕は早速、本屋へ飛び込んで「山陰のトンボ」という本を買った。「コシアキトンボ」ということが判った。

本屋の棚に古事記などの解説書が沢山並んでいた。僕はふと、あの世とこの世の境にあるという「黄泉比良坂《よもつひらさか》」のことを思い起こして、無性に訪ねてみたくなった。

古事記に出てくる「伊賦夜坂《いふやざか》」から「揖屋神社《ゆうやじんじゃ》」に辿り着き、神社の扁額「揖夜神社」から、「伊賦夜坂」は近くにあると確信した。

探し当てた黄泉比良坂は簡易鋪装されていた。

狭い坂を登って行くと、右側に小さな池があった。僕の足音に驚いたのか、蛙が飛び込む水の音がした。

山林の麓に巨大な石碑があって、「伝説の地　黄泉比良坂　伊賦夜坂」と刻まれていた。

「千引の大岩」もあった。

新緑を背に新緑の渓《たに》に入る

NHK定年が視野に入って来た頃、山形県月山の河川に惹かれるようになった。

ヤマメもイワナも豊富であった。

週休二日なので、毎金曜日の夜六時頃、鶴岡へ向けてクルマを走らせる。東北自動車道で村田まで行き、山形、寒河江を経て、国道一一二号線を西へ行く。大鳥川の鉄橋の手前を右折して、山への道をとる。緩やかな登りだ。ヘッドライトが緑の木々を照らし出す。

目的の渓の入口に着くと、クルマを駐めて、灯りを全部消す。エンジンを切る。午後十一時頃である。

アイスボックスからビールを一缶取り出して、車外へ出る。あたりは鼻を抓まれても分からないほどの暗闇だ。

せせらぎの音の外《ほか》は無音界……

空だけがばかに明るい。見上げると、巨大な銀河が滔々と流れている。こんな大きな、美しい銀河をかつて見たことがあるだろうか。生きている幸せを感じる。

ビールを飲み干すと、車内に戻り微睡《まどろ》む。

やがて、夜が明け、辺りの緑が鮮やかになってゆく。股までの長靴を穿いて、釣り仕度は完了する。

渓の流れを覗き込む。水量は十分なようだ。長い渓への径を下る。

新緑のなかを新緑へと入ってゆく。

谷うつぎの咲く五月頃の渓流釣りの至福の一瞬だ！

ずぶ濡れの犬ずぶ濡れの七変化

「神意説」というのがある。国家存立の基礎や君主の根源は神の意志に存するというものだそうだ。イラク戦争も、またその後の混乱も神意、神慮かも知れない。

神のこころ、神のおぼしめしはこの世に生きとし生けるもの、あらゆる動植物に及んでいると思えてならない。

「濡れ鼠」という言葉がある。水に濡れたネズミのことだが、着衣のまま全身水に濡れた、見るも哀れなさまをいう。

動物は動けるのだから、雨に遇ったら、木蔭などに雨宿りをすれば、ずぶ濡れにならずにすむ。

ところが、雨宿りもせずに外を歩いていればどうなるだろうか。人間も犬も猫もずぶ濡れになって、見るに堪えない、世にも哀れな姿になる。

そうなるのを避けるために、動物は物陰に身を寄せて、濡れるのを避けるのだ。濡れるのは気分もよろしくない。

しかし、草木はそうはいかない。移動して雨宿りをするわけにはいかないのだ。濡れるに任せる他ない。

そこへ、神の味な計らいが働いていると思う。

雨に濡れた紫陽花を見てみたまえ。「美しい！」と、思わず感嘆の声を挙げるに違いない。紫陽花だけではない。草木全てがそうだと言っても過言ではあるまい。

いやいや、そうは言っても一体全体、どうなんだろう。初めから神意などではなくて、すべて全くの偶然からなのかも知れない。

芥川龍之介は、「『偶然』は云はば神意である」と書いている。

倒れ木のリスの眸《め》蒼《あを》しイワナ釣る

かなり昔のことだが、山形県の鶴岡に近い一の俣沢を釣った。

流程はそれほど長い沢ではないが、新緑が実に美しい。

新緑の中に身を置くと、自分のからだまで、青に染められたようだ。

堰堤の手前でクルマを駐《と》めて、上流から沢に入った。流れる水も青い。直ぐ、倒木に堰かれた小さな渕に出た。倒れてから長い歳月を経たのであろう、倒木は一面苔むしている。

何かが走って、倒木の先端で停まった。

リスだ！

一瞬、目と目があった。

リスの眸は深い青色だ。美しい！

また、素早くリスが動いたと思ったら、もう、リスの姿は何処にもない。

爽快な気分になって釣り上がっていった。

二つの沢の合流点に出た。大岩の先の緩い流れに毛バリを打った。

大きなイワナが跳び出てきて、毛バリを咥えた。

かなり強い引きだ。

大岩の下に逃げ込もうとする。

そうはさせじと、竿を思いっきり立てて手前へ引いた。

・・・からだがワナワナと震えた。

そこは両岸が崖だから、イワナを引きずりあげる川原がない。ハリスをもう少し太いものにしておけばよかったと思ったが、後の祭りだ。

どうしようかと迷っていたら、いい具合に、イワナは潜んでいた大岩のすぐ下の岩の間に入った。

そこは岩と岩とが接していて、水が流れ落ちている。

大きなイワナはその間で身動きが出来なくなった。

しめた！と思った僕は流れに入ると、イワナに近づいていった。

そして、パックリ開けられた大きな口に右手の人差し指を突っ込んだ。滑って逃げられるのを防ぐためだ。

イワナが驚いて、ガブリと口を閉じた。

鋭い歯で咬みつかれた指に痛みが走った。

でも、こうなればこっちのものだ。

イワナを引張り出した。

よく肥った型のいいイワナだ。

「♪　アナタが噛んだ小指が痛い……」

鼻歌を歌いながら、僕は更に上流を目指した。

たかんなや剣《つるぎ》忘れしタケル陵

平成五年九月、僕は奈良を訪れた。

レンタカーで当麻寺《たいまでら》に向った。

このころ、僕は奈良を殆ど隔月に訪ねていたが、どうしたわけか豪族当麻氏の氏寺として栄えたこの寺には一度も行ったことがない。

国道二十四号線を走っている間に気が変った。

よほど、この寺とは縁が薄いらしい。

今を盛りの葛城山《かつらぎさん》のツツジを観ようと思いついたのだ。併し、葛城山への曲り角を通り過ぎてしまった。

短気な僕は船宿寺《せんしゅくじ》のツツジで我慢することにした。

ここのツツジは既に盛りを過ぎていて、オオデマリが全盛期を迎えていた。


ふと思いついた。

御所《ごせ》市富田には「白鳥陵」のあることに気が付いた。

日本書紀ではタケルの陵は三ケ所となっている。

終焉の地、伊勢の能褒野《のぼの》……

白鳥と化したタケルが飛んでいった倭の琴弾原《ことひきのはら》……

そして更に河内の舊市邑《ふるいちのむら》……

この三ケ所の陵を名づけて「白鳥陵」と称している。

僕は「コトヒキノハラ」を目指すことにした。

行けども行けども「白鳥陵」らしいものは見えて来ない。


思い悩んでいたとき、白い犬を連れた中年の女性に遇った。「白鳥陵」のことを尋ねたら、すぐ近くだという。

女性が懇切丁寧に道順を教えてくれている間、僕の右手はその白犬に舐めまわされていた。僕の犬好きが犬に判るのか、妙に馴れ馴れしい犬だった。

教えられた通りに行くと、民家の板塀に「ジャック進学塾」と書いた看板が目に入った。その下に、矢印のついた小さな標識があって、「日本武尊白鳥陵」とあった。

反対側の民家の庭には幟の鯉が数尾、雲一つない五月晴れの空を勢いよく泳いでいた。

目指す「白鳥陵」はその狭い路地のどん詰まりにあった。

黒い、低い鉄格子の扉の右側に

「日本武尊琴引原白鳥陵」

と、刻んだ石柱が立っていた。字が違うが、白鳥陵に間違いないだろう。

陵は予想に反して小さかったが、樹木が鬱蒼と茂っていて、いかにも古代の墳を思わせた。

鉄扉の右手に径のようなものが見えたので、つい、足を踏み入れてしまった。落葉を敷き詰めたその径は幅五十センチもあったろうか……

苦労しながら歩いていると、ヤブ蚊の襲来だ。これには閉口した。それでもなお歩いて行くと径の真ん中に高さ四十センチもあろうかと思われる黒ずんだタケノコが僕の行く手を阻むように突っ立っていた。

タケルがミヤズ姫のもとに置き忘れてきたという「草薙剣」のことが僕の頭を掠めた。

田草取りこの世去るにも人手借り

僕は最初の結婚で躓いた。

正式に離婚が成立したのは、かなりな歳月が経ってからのことだから、再婚は全く考えていなかった。

しかし、必ずくる死に僕が直面したとき、人間である僕は一体どうなるのだろうか……

動物のように野垂れ死にも出来ない。

そう考えたら、夜も眠れないくらい、心配になってきた。金輪際、結婚はしないとなると、そのときの後始末を誰かに遣ってもらわねばならない。

先ずは後顧の憂がないように正式な遺言を書いておくことだろう。

不治の病に侵されても、いわゆる「質ある生活」が保証されない限り、延命は絶対に行なわない……

戒名は要らない……

遺体の処置をどうする……

人知れず静かに逝きたいから、通夜も告別式も限られたひとだけで執り行う……

読経は菩提寺、板橋の常盤台の安養院の平井和成氏にお願いする……

「お別れの会」は必要ない……

連絡先を誰にするか……

遺骨は暫くは、「水庭家代々の墓」に埋葬するが、あとは「無縁仏」にしてもよい……

などなどをメモして行ったら、驚くほど厖大なものになった。

人間というものは、死ぬまで……いや、死んだ後さえ、誰かの世話にならなくてはならない、ということをイヤというほど思い知らされた。

手力《たぢから》男命《を》との綱引きも梅雨入かな

この二、三年、気温の変化が著しい。

極めて温かい日が二、三日続いて、ヤレヤレと春の到来に喜んでいると、ドッコイそうはさせないとばかり、今度は気温の極めて低い日が続く。

三寒四温なんて生易しいものではない。

まるで、気温の綱引きを観ているようだ。

そんな気候のせいか、今年の桜は例年より二週間ほど早かった。

お蔭で、鶴岡でも花見が出来たから、二度の花見が愉しめた。

辛夷より木蓮の方が早く咲いたり、紫木蓮がいつまで経っても見るも哀れな、萎れた花びらをつけていたりした。谷うつぎのピンクもいつもより淡かった。

五月に入ったら、温かい日が長く続いた。

これで気温も例年通りになった。

矢張り、風薫る五月だ。

流石の手力男命も尻尾を巻いて退散した。

自然の力の方が強かった、と確信したときにこの句が浮んだ。

ところがである。その温かい日も矢張り長続きはしなかった。

七月の今になっても、依然として綱引きは続いている。

知恵の輪の解けてそれきり捻り花

「知恵の輪」というパズル玩具がある。誰でも一度は試みたことがあるに違いない。イギリスではチャイニーズ・リングと呼ばれている。

起源は不明だそうだが、チャイニーズ・リングと呼ばれるくらいだから東洋かも知れない。

中国には九つの輪からなる「九連環」があると、ものの本に書いてあった。

日本に伝わってきたのは十七世紀後半だそうだから、結構長い歴史がある。

「知恵の輪」はいろいろな形の輪をつないだり、はずしたりする遊びだ。知恵の輪の大部分はその解き方が一通りしかないので、それを考えるのが愉しみだ。が、解くのは極めて難しい。偶然に解ける場合が圧倒的に多い。

僕も子供の頃、よく知恵の輪で遊んだ記憶がある。考えもなく、ただガチャガチャやっているうちに、偶然、解けるときがあって狂喜する。

しかし、一旦輪をもとへ戻したら最後、どうして解けたか皆目判っていないから、再び偶然が起きるまではなかなか解けない。

仕舞にはじれて投げ出してしまう。

捻花はよく原野や芝生などで見かける不思議な形状をした花だ。高さは二、三十センチほどもあろうか……夏になると、白い根茎に螺旋状に薄紅色の小さな花をつける。

「捻花《ねじばな》」とはよくぞ名付けたものである。

梅雨滂沱粉名屋小太郎蕎麦を打つ

二〇〇三（平成十五）年六月二十三日、例にして月山の沢を釣ることにした。

二十四日の火曜日、宿で朝食を済ませてから、目的の沢に出掛けた。

梅雨ドキだから、水量は多いと思っていたが、普段よりずっと乏しかった。この分では余り良い釣果は望めまい。

案の定であった。

その翌日、別の沢を釣ったが、同じように水量乏しく、釣果は無に等しかった。

土地の人の話では、今年は空梅雨だという。


その夜、待望の雨が降った。

バケツをひっくり返したような豪雨だ。

翌朝、雨の勢いは若干衰えてはいたが、まだ降り続いていた。到底駄目だとは思ったが、予想通り、沢には濁流が逆巻いて流れていた。

予報では、雨は当分続くらしいので、予定を変更して、上山《かみのやま》の茂吉記念館を見学し、その後、米沢へ出て一泊することにして、イワナ釣りは諦めた。


鶴岡ＩＣから山形自動車道に入り、湯殿山で降りて国道一一二号線を行く。

暫く行くと、月山ＩＣから再び山形自動車道に出る。山形自動車道はまだこの部分が繋がっていないのだ。

上山で降りて、茂吉記念館へ。

のち、国道一三号線を行き、米沢南陽道経由で、米沢へ出た。

米沢へ着いたら、いままで曇っていた空が真っ暗になり、篠突く雨になった。


米沢へ足を伸ばしたのは、十年ほど前に食べたことのある蕎麦を再び食べたいと思ったからだ。

店の名は、忘れもしない「粉名屋小太郎」だ。

その昔、いざ、いくさというときに、武士たちはこの店の表からドッとなだれ込み、裏口まで続いている土間の両側の縁に腰をかけ、蕎麦を一気にかきこんで、裏口より戦場に打って出たという。

従って「駆け込み蕎麦」ともいわれる。

コシがあってなかなか美味だった記憶がある。

豪雨の中で、うろ覚えの店を捜すのは、一苦労だった。

十分ほど捜しまわって、やがて探し当てた。

豪雨にも拘らず、店は殆ど満員の盛況だった。

市内の「吉亭」で食した米沢牛のステーキもまこと美味であった。

出羽のあの人に見《まみ》ゆる五月闇

確か、山形県の産んだ作家、井上ひさしだったと思うが……即身仏に初めて対面するとき、「見《まみ》える」という言葉を遣っていた。

作品名は忘れてしまった。

「即身仏」と「ミイラ」とは異なる。

「即身仏」は、特に江戸時代、衆生救済のため自ら食を断って肉身のまま成仏し、ミイラ化した行者をいう。

出羽に多い。

五月の月山釣行の数日前、埼玉の同人誌「新芽」の編集長、田中光蔵先生から、

「月山の方へ行くなら、即身仏のことを少し調べてもらえないか」

と、依頼された。

ずっと以前から、折角近くへ行くのだから、一度は即身仏を拝みたいと思っていたが、月山の方へ行くとついつい釣りに熱中してしまい、一度も果したことが

なかった。

それで、いい機会とばかり、お引き受けした。

幸い、谷うつぎの咲き誇るこの季節は釣果も良い。

釣りを満喫したので、釣りは二日で止め、残りの二日をかけて「即身仏」を調べることにした。

手始めに、僕の定宿のある鶴岡市から始めることにした。ここには南岳寺に一体ある。

鉄竜海上人という。出身地は秋田県仙北郡である。

即身仏は殆どが空海の「海」をその名に入れている。

南岳寺の所在は直ぐ判った。

「即身仏」の字にミイラぶつとルビがふってあった。

西日のまだ高い時刻であった。

安置されている場所は直ぐ判った。

寺に向って大声で案内を乞うたが、しんとしていて、誰も出て来る気配がない。失礼とは思ったが、おそるおそるそれと思しき真ん中の部屋へ入って行った。

明るい所から突然暗い所へ入ったので全く何も見えない。

ほのかに香の匂いがした。

気味悪いという感じは全く受けなかった。

僕は部屋の真ん中にあるガラスケースに近づいた。

暗闇に馴れてきた僕の目に写真で幾度も拝んだことのあるあのお姿が浮かんだ。

寺の住職の奥様らしい、中年の女性が現れて、電灯を点してくれた。

鉄竜海上人がはっきりと映し出された。

僕は何ともいえぬ厳粛な気に打たれた。

このあと、酒田市の海向寺でも二体拝した。中海上人と円明海上人である。

新潟と山形の県境を流れる、鮭漁で有名な清流、三《み》面《おもて》川に隣接する村上市の観音寺にも一体あった。

仏海上人といって、即身仏では最も最近のものである。生前の写真が即身仏の脇に飾ってあったが、なかなかの美男子であった。

寺の女性の説明では、仏海上人は修業途中病を得て死んだ。

遺言に寄り、観音寺の裏に深い穴を掘り、坐棺に入れた遺体を葬った。

一九六一（昭和三十六）年の夏、発掘したら即身仏になっていたという。

即身仏はミイラを含めると、日本全国に二十八体が現存するそうだ。

外《と》つ国《くに》に蟻を見し夜の深眠り

僕は一九六四（昭和三十九）年、ＮＨＫからＢＢＣ（英国放送協会）へ出向を命じられた。シェークスピア生誕四百年の記念すべき年である。

同僚や友人たちの歓呼に送られ、ハワイ経由で一路、イギリスに向った。

機内で、僕の右目に異常があることに気付いた。

直ちに、ハワイの眼科専門医に診てもらった。

打撲が原因で、網膜が剥離しているという。

翌日、東京へ舞い戻って皆を驚かした。

幸い病室が空いていたので、その夜のうちに慶応病院に入院して手術を受けた。

執刀は名医の桑原教授であった。

当時はまだ、ジアテルミーという手術の方法しかなかった。剥離した網膜を白金で焼き付けるのだそうだ。

術後の三週間にわたる絶対安静期間が辛いの何のって、経験したものしかわからないから、説明は省略する。

四ヶ月の入院加療の後、体調は頗る悪かったが、ロンドンへ向け再び飛び立った。

今度はアンカレージ経由で直行である。

ロンドンではＢＢＣのホステルで外国での一夜を明かした。
二、三時間微睡んだところで目が醒めた。
アンバー色の外灯の光が先ず目に入った。

憧れのロンドンに身を横たえている感動に身が震えた。

単身赴任なので下宿を捜すことにした。

下宿が見つかるまでは、極めて神経過敏になっていた。

日本語部長のレゲット氏の招待でアルバート・ホールを訪れたときはその極限にあった。

音が気になって仕方がなかったのだ。

ドラムの音には恐怖すら感じた。

そんな状態が、ウインブルドンの下宿が決まるまで続いた。

一戸建てのこの下宿の主人は痩せこけた毛むくじゃらのイギリス人、ミセスはフランス人で、料理は達者だが、フランス語訛りの英語には辟易した。

息子のジャンは画家で、熊ほどの大きさの真っ白なピレネー犬をこよなく愛して、誇らし気に毎日散歩に連れ出していた。

彼とはよく、シャンソンを聴きにパリに飛んだ。

下宿にはかなり広い裏庭があった。

庭を散歩していたら、蟻の列を見かけた。

日本と同じ地球の上にいるのだと思ったら、訳もなくホッとした。

御夫妻はとうに亡くなった。
息子のジャンは南部に居を移してから、暫くはクリスマス・カードを送ってきていたが、そのうち音信不通になった。

僕がイギリスを去るとき、ジャンが僕に絵をプレゼントするという。
僕は大きな肖像画を所望した。彼が描いた彼の愛人の肖像画だ。

大きな美しい目が今でもにっこりと微笑んでいる。

寧楽《なら》に泊《は》つ祇園囃子と添寝して
宵山へ少し間のある端切れ売り

祇園会は八坂神社の祭礼だ。毎年、暑い盛りの七月十七日から二十四日まで行われる。十六日が宵山である。

この時期、京都市内に宿をとるのは全くと言っていいくらい不可能なので、僕は奈良に宿をとることにしている。

京都駅に着いたとたん、祇園囃子がスピーカーから流れてくる。
「コンコンチキチ　コンチキチ」……
耳について、いつまでも、どこまでもつきまとってくる。

祇園祭の期間中はもとより、十六日の宵山も結構、観光客で混雑する。人波に身を任せるより仕方がない。

自分の思った方向へは行けないのである。

そんな殺人的な炎暑と混雑の中、色とりどりの美しい模様の端切れを売る店を片隅で見かけた。

飾り付けた山鉾の上では、氏子たちが笛や太鼓や鉦で祇園囃子を奏でる。

やっとのことで雑踏を抜け出て、奈良の宿に着く頃は、暑さも加わって心身ともに疲れ果てている。

だが、耳には祇園囃子が絶えず聞こえている。

ベッドに横になっても、囃子は消えるどころか、いよいよ甚だしくなる。疲れているのに、なかなか眠れない。

一晩中まんじりともしない。

「コンコンチキチ」と添寝である。

白昼夢紡いで蜘蛛の安息日

九月の初旬、僕は月山の近くの沢を釣り歩いていた。

七月頃からの沢歩きは一苦労だ。

と言うのも、この頃の沢は強力なクモの巣の氾濫だ。

そうしたクモの巣をかき分けてゆくのは並大抵な苦労ではないし、時にはクモの巣が帽子や顔に引っ付いたりして、不愉快この上ない。

それで、最近は七月と八月の沢釣りは避けることにしている。

勿論、僕の嫌いなマムシもハチもこの頃には多い。

それで、九月の声を聞くまでイワナ釣りは我慢する。

例年だと、当季最後の渓流釣りは九月の末に行うことにしている。

禁漁直前の釣りを愉しんだ、という満足感があるからだ。

が、この年は何か都合があったのだろう。

やむなく九月初旬に月山の沢を訪れた。


クモの巣も九月ともなると、不思議と粘り気が弱まる。

ハチもヘビもあまり姿を見せなくなる。

手刀でクモの巣を切りながら釣り進む。

クモにして見れば、折角作った巣をこわす僕は不届きものに違いない。


一つの大きなクモの巣に何かがひっかかって、巣が時々大揺れに揺れている。

近付いてみると、赤トンボだ。

巣にかかって間もないのであろう。

まだ、元気がある。

クモはどこに潜んでいるのか、一向に出てくる気配がない。

僕は翅を傷つけないように注意しながら、赤トンボを蜘蛛の巣から救出して空に放してやった。

赤トンボは空高く舞い上がっていった。


この日はクモの安息日だったのかも知れない。

花槐《えんじゅ》こぼれて何か始まりさう

僕のアパートのすぐ近くに、「大妻学園通り」という並木道がある。

靖国通りを靖国神社の中間あたりで分岐して国会議事堂の裏の方へ南下している。

昔は渋谷とお茶の水を結ぶバス路線が走っていて、駿河台にあった僕の研究室まで直通であった。靖国神社へも便利であった。

街路樹は「槐《えんじゅ》」で、夏になると黄白色で蝶形の可憐な花を沢山つけた。

それはそれでまた美しかったが、花が散ると歩道は黄粉の絨毯を敷き詰めたようになる。

ところが、秋になると、豆の莢ができて、小鳥が大挙して実を啄みにくる。歩道はその食べ残しで黒く汚れる。

そのためかどうかは知らないが、いつしか槐の並木は伐られて、余り趣のない街路樹に植え変えられてしまった。

この頃、路線バスも廃止されて、靖国神社参詣にくるお年寄りたちを哀しませた。

隼町あたりから最高裁の裏あたりまでは、今でも幸いなことに槐の並木が残されていて、夏になると可憐な花をつけては散らす。

ある昼下がり、クルマで虎ノ門へ行った。途中、最高裁辺りに長い人の列があった。話題を呼んだ裁判でもあるのだろうか？裁判の傍聴に集まった人たちに違いない。

折しも、槐の花が風をうけて、はらはらと零れた。

枇杷熟れて疾《やま》しきことのなくもなく

僕のアパートの近くにビワの古木がある。

いや、あった。

普段、その存在に気付かずにいるが、十一月頃になると、佳い香りの黄白色の花をつける。

でも、そう目立つものではない。

果実も橙色で余り目立たないが、群れをなして実を結ぶので、夏になると、ビワだと気付く程度だ。

小鳥が実を啄むのを見たことがない。

美味しくないのだろうか。

僕自身はあまり美味しいとは思っていないから、ビワには見向きもしない。

戦前、我が家の庭に実ったビワを「お八つ」に食べたときの印象がよくなかったからだろうか。早く外で皆と遊びたいし、急いでいるから、大きなタネを呑み込んでしまうのではないかという心配もあった。だから、申し訳ないが、食べた振りをして庭の隅に捨てた。

捨ててから、その行為が心配になった。

僕はよくもめごとに巻き込まれたりする。

その都度、僕は自分に非があったのではないかと、心配になる。

心配になると、いつまでも気になる。くよくよする。

なかなか抜け出せない。

そんなある日、甥から立派な箱に入ったビワを頂いた。

食べてみて驚いた。実に、美味しいのだ。

ビワがこんなに美味しいものとは思ってもいなかった。

タネが大きいのが玉に瑕だが、気がついたら六つほど一気に食べてしまった。

あまり美味しかったので、心配事もきれいさっぱり消えた。

振り向けば水織音《みおりね》なりき岩魚釣

イワナ釣りは孤独な釣りである。ヤマメ程ではないが、イワナもかなり神経質なサカナだからだ。大きな川は別だが、沢を釣るときは単独行に限る。

二、三人で釣行しても、別々の沢に入るのが常識だ。同行者がいれば、釣果はそれだけ悪くなる。山菜採りが先行していても同じである。沢を徒渉するからである。

こんな時は思いっきりよくその沢は諦めて、他の沢へ入る。だから、イワナ釣りには二万五千分の一の地図が欠かせない。それを頼りに沢を探すのだ。

水色の線が書き入れてなくても、等高線をつぶさにみれば、沢があるかないかは大凡見当がつく。その場に行ってみて、本流へ水が通っていれば、その沢にはイワナが生息しているとみて差支えない。普通の釣り人は無視するから、意外と魚影が濃いこともある。大ものも期待できる。

イワナは脚で釣れという。

二、三回流して、魚信がなければ、どんな良さそうなポイントでも潔く諦めて、どんどん釣り登って行く。

若葉に覆われた沢筋には季節の草花が咲いて、釣り人の目を愉しませてくれる。ときには、普段は見られない動物たちとの出会いもある。ノウサギやリスは言うに及ばず、カモシカやテンにも遇える。クマやマムシには遇いたくないが、好き嫌いなど言ってはいられない。

釣れれば、興にのって沢深く釣り登って行く。気が付いてみると、大袈裟な表現だが、深山幽谷にいる人間は自分独りだ。俄に寂しさに襲われる。

そんな時に、背後に女性の声がする。自分の名を呼んでいる。時には、数人が後ろからやってくる話し声が聞こえる。

背筋を恐怖が走る。ゾッとして、思わず身震いする。

振り返る。

誰もいない。

清冽な水がざわざわと流れているだけだ。

女性の声も、数人の会話も「水の織りなす音」なのである。

ふるさとは東京沙漠朝顔市

東京生まれだから、僕のふるさとは東京だ。

しかし、心の故郷は母郷の真岡と父郷の日立であろう。

栃木の真岡の近くの東沼は殆ど毎年夏に、母に手を引かれて訪れているから、幼い頃の懐かしい想い出が溢れている。

一方、茨城の日立には幼い頃の記憶が殆どない。

と言うのも、父が十六歳で故郷を後にして上京したからだ。

ただ、父の妹が嫁いだ、少し南の川尻にはボクの幼い頃の記憶が、東沼に負けず劣らず詰まっている。

「ふるさと」といえば、ボクは山と川のある風景を思い浮かべる。

東京にも、山も川もあるにはあるが、高層ビルが林立し、その上、町全体が余りにもだだっ広く、雑然としているから、折角の美しい奥多摩の山も川も、ないも同然だ。

「東京沙漠」が叫ばれて久しいが、コンクリートに囲まれた生活の中にも江戸時代からのよい風習、朝顔市や鬼灯市などが僅かに残っていて、荒み切った東京に住む人々の心を慰めてくれる。

紅花や来世も女がよいと言ふ

今から四、五十年前のことだから、現在のように女性の社会参加は進んでいなかった。

女性には出産、月の障りや、煩わしいことが多いように僕は思っていたので、恐らく女性に生まれたことを誰もが嘆いているに違いないと確信していた。

そこで、知合いの女性に、来世、人間に生まれ変わるとしたら、男がいいか、それとも女がいいか訊ねてみた。

返ってきた意外な答えに僕は驚いた。

ひとりの例外もなく、「女がいい」というのである。

二〇〇四（平成十六）年四月二十八日に発表された「日本人の国民性調査」によると、女性の大半がもっていた「男性に生まれ変わりたい」という嘗ての強い願望が最近は「四人に一人に減った」という。

女性の社会参加が進んだことがその主たる理由らしい。

確かにそれもあるだろう。

しかし、底流にはもっと何か外の理由があるように思えてならない。

さて、何だろうか?

兎に角、この世に生きとし生けるものの中で、人間の女性ほど美しい生きものはない。

蛇に怖づ英語俳句は作《や》らぬなり

アビゲール・フリードマンはアメリカの外交官で、俳人である。

二〇一一年年末、岩波書店から「私の俳句修業」という本を出版した。

金子兜太は帯に「柔軟な俳句への接触振りに恐れ入った」と記している。僕も同感だ。

彼女は在日アメリカ大使館に二度勤務しているから、日本での生活体験も豊富である。

彼女が「私の俳句修業」を執筆中、僕は二、三度会って意見を交換したことがある。

俳句の手解きは黒田杏子から受けたという。

僕は先ず彼女の日本語に感心した。まるで、日本語が彼女の母国語のようだ。

だから、彼女は俳句を初めから日本語で作る。

先ず、英語で俳句を作って、それを日本語に訳すというものではない。

これには驚いた。

僕は英語を日本で学習したから、英語は僕にとって母国語ではない。

僕は三年ほどイギリスで生活したことがあるが、アメリカ、カナダ、オーストラリアなど他の英語圏での生活の経験がない。

従って、それらの国々の風土・風俗・文化に疎いし、動植物のこともあまり知らない。

友人たちから「英語俳句」を作ってみては、とよく誘われるが、英語に自信がないこともあって、英語俳句を作る勇気がない。

言葉だけの問題ではなく、英語圏での生活体験も乏しいから、「英語俳句」を作るのはとてつもなく怖いのだ。

みずまし今生かくも面白き

ある晩、渋谷駅から半蔵門駅まで地下鉄に乗った。半蔵門までは二十分とかからない。

珍しくシルバー・シートが空いていたので腰掛けた。

向いのシルバー・シートを見たら、太腿もあらわの……ヘソ丸出しの……若いギャルが、お化粧に余念がない。

遠慮したのか、同じ席に坐っている客は一人もいない。

ギャルは傍若無人……

鏡を手にして、口紅をぬったくったり、アイシャドーをしたり、ヘンテコな道具を使って睫毛をいじくりまわしている。

カールでもしているのだろう。

どう見ても全体的に無駄な作業としか思えない。

人前だなんてことは少しも気にかからないらしい。

化粧に余りに熱中していたので、電車が自分の降りる永田町駅に着いたのに気がつかなかったようだ。

慌てて、化粧道具をバッグに押し込んで、降りようとしたが、残念無念……間に合わなかった。

お気の毒にと思ったが、失礼だが噴き出してしまった。

ギャルは仕方なくすごすごと次の駅の半蔵門で降りて、ホームの反対側へ歩いて行った。

一体、女の身だしなみはどこへ行ったのだろうか。

私憤慷慨はしたものの、何か面白いショーを無料で見せてもらって、トクをしたような気がした。

ややありて空蝉のみの残りけり

僕の幼い頃、母に連れられて行って、必ず夏を過ごす場所が二箇所あった。

その一つは、母のふるさとだ。

列車に揺られて、夜、栃木の真岡駅に着く。

そこから人力車に乗って、夜道を母のふるさとの東沼へ向う。

幼い僕は母の膝の上だ。僕は膝の上にお土産をしっかりと支え持っている。

東沼の祖母の家は宏大な敷地に建てられた大きな家だった。

長屋門のような門を入ってから暫く歩かないと、建物には行き着けない。右手に巨木と大きな白壁の蔵があったのを憶えている。
　幼い僕は五右衛門風呂にはてこずった。

　建物の裏は深い森で、昼なお暗かった。
　ある朝まだき、蝉の幼虫を釣り上げることを伯父から教わった。
　麦藁を蝉の穴に垂らして、蝉の幼虫がそれに掴まるのを待つのだ。
　藁に幼虫が掴まったら、もの柔らかに引き上げる。

　釣り上げて手にしてみたら、ずっしりと重い。
　中身がびっしりと詰まっている。
　全体的に光沢のある褐色だ。
　伯父に言われる通り、側の樹の幹に止まらせた。
　幼虫は二、三センチ登ったところで静止した。
　しっかりと幹にとりついている。

　暫く観ていると、背中が縦に割れて、蝉が出てきた。
　全身はまだ弱々しい色をしている。ハネは短いが、ミンミン蝉のようだった。

　畳まれていたハネが伸びてきた。美しい淡い緑色だ。

　伯父が、羽化の完成にはまだ少し間があるから、朝食を摂ってからまた観に来ようというので、心を残しつつも、その場を離れた。

　食事もそこそこに伯父と戻ってきたら、蝉は既に飛び立ったあとだった。

行き交ふや蝮かうべを吊るされて

ＮＨＫの定年が数年後に迫ったある夏のことだ。

四半世紀も前のことになる。

釣仲間の松本錦鷲《きんしゅう》・保之助の兄弟と秋田県玉川の支流の大深沢を釣った。

三泊四日の釣行である。


第一日目は、東京から一挙に田沢湖へ……

そこから、国道三四一号線を北上し、新鳩ノ湯温泉に投宿した。


現在、どうなっているのか知るよしもないが、当時、宿はこの一軒しかなかった。

電気も通じていなかったから、自家発電であった。


五十がらみの女将が民謡好きで、夕食のとき、秋田の民謡を美しい声で歌ってくれた。

夕食が済んで、一時間もすると発電機のスイッチがきられる。だから、その間に温泉に入って、床につかなければならない。

温泉は程よい熱さで、湯槽はプールのように広い。


消灯時間の九時ともなると、鼻を抓まれても判らないような暗闇だ。

そこで、懐中電灯をいつも枕元に置いておく。

でないと、トイレに行くのが一苦労だ。


翌朝、クルマで玉川沿いに少し上り、本流に架けた木橋近くのスペースにクルマを駐め、狭い橋を渡って、目的地まで二時間近く歩く。

径は狭い。

それに、マムシが多いと聞いている。


それで、前夜、抽選で歩く順序を決めた。

二番目に行くのが一番危険だというのだ。一番目がマムシを踏むと、怒ったマムシが二番目に咬みつくという。

僕が貧乏くじを引いた。

錦鷲、僕、保之助の順に歩き出した。

狭い径には夏草が生い茂っていて、先頭を行く錦鷲もさぞ怖かったに違いない。

三十分ほど行くと、右手に大深沢の清い流れが、夏の強烈な陽をうけて、キラキラと耀くのが見えた。

暫く行くと、二、三人の話し声が僕たちの方へ近づいて来た。

営林署の人たちらしい。

僕たちはその営林署の小屋に今日から二晩、泊めて貰うことになっている。

見ると、二人はマムシを提げていた。

早くも、戦意喪失である。

径が狭いから、行き交う時、マムシを目の前にするわけだ。死んでいるのだろうから、なんてことはないのだが、それでも気味悪い。

マムシは二匹とも首のところをつままれていた。見ると、カラダが揺れて、まるで生きているようだ。

それから一頻り、今見たマムシのことが三人の話題になった。

行く手はイワナの宝庫かも知れないが、マムシの宝庫でもあるらしい。

三人の足取りが重くなった。

気を取り直してなおも歩いて行くと、巾の狭い吊橋に出た。

橋の向こうに小屋が見える。

石造りらしい。

今夜から二晩、寝泊まりする小屋だ。

歩荷《ぼっか》が背負うような重いリュックを背にしているので、三人ともしばらくの間、たじろいだ。

安全を期して、錦鷲から一人ずつ順に渡ることにした。

その方が、吊橋の揺れが少なく、安全だと考えたからだ。

小屋の中は割りと小綺麗だった。

荷を降ろすやいなや、釣具を持って、小屋を出た。

小屋のそばに温泉が湧き出ている。

川を左に見て、絶えずマムシに気を配りながら、川沿いの径を暫く歩いた。

左から伝左衛門沢が合流するあたりで、大深沢を徒渉し、対岸へ出た。

大深沢の源流の尾根の向こうは葛根田川の源流だ。

大深沢の川幅はかなり広い。

二間半（四・五メートル）の竿でも足らないくらいだ。

僕は大きめのキジを使った。

「キジ」とはミミズのことだ。

他の二人はイクラだ。

どうしたわけか、僕にだけアタリが続いた。川が大きいから、イワナは思いっきりファイトする。

こんな愉快な釣りは近年まれだ。

三十センチ以上の大物がビクに溢れた。

錦鷲にも保之助にも、数は少なかったが、大物が来た。

二人ともご満悦だ。

四時をだいぶ回ったので、小屋へ戻ることにした。

イワナは全部で十五尾を越えた。

すべて大物だ。

「小屋へ帰ったら、刺身にして食べよう」

と、サカナを売るのを生業としている錦鷲が提案した。

みな賛成した。

帰路も大深沢を徒渉した。

往きの時にも思ったが、雨が降って沢が増水したら、とても歩いては渡れまい。

小屋に着いた。

錦鷲はイワナを割きにかかった。

小屋の中は既に薄暗くなっていたので、ランプに灯を入れた。

刺身包丁を巧みに扱う錦鷲の右頬に灯影があたって、なんとも頼もしく見える。

イワナ割くランプの火影《ほかげ》右頬に　　進

保之助と僕は火を熾《おこ》して、持参の米を炊いたり、「司牡丹」の燗の準備をする。

イワナの刺身は大きな皿に体裁よく盛られた。

ワサビつきの刺身の小皿がめいめいに配られた。

酒盛りの準備完了である。

メシも間もなく炊き上がるだろう。お燗した酒を三人の茶碗に注いだ。

「では、乾杯といきましょう！」

と、錦鷲。

茶碗を触れ合って乾杯した。

酒が胃の腑にしみわたる。

錦鷲が先ずイワナの刺身を口に含んだ。

「うめ～！マグロのトロなんか足下にも及ばね～！」

感極まって、舌なめずりをした。

僕も保之助も同じような感嘆の声をあげた。

酒も程よく進み、腹も満ちてきたので、就寝する前に、温泉に入ろうということになった。

三人して、小屋を出て温泉の湧いている所へ向った。

懐中電灯を頼りに、露天風呂に浸かった。

程よい湯加減だ。

熱い湯が湧いているらしく、近くの小沢から樋を使って、沢の水を絶えず導き入れて、ほどよい温度になるよう調節されていた。

あたりは漆黒の闇……

そして物音一つない。

こんな素晴らしい露天風呂はかつて味わったことがない。

周りに目をやると、闇の中になにやら光るものがある。

サルとかカモシカとかいった野生動物かも知れない。

「人間ドモがおれたちの温泉を横取りしやがって」

と、睨んでいるに違いない。

露天風呂を出たら、雨粒が頬にあたった。


明日は雨だろう。

十時ごろ、就寝した。

窓打つ雨の音に目が覚めた。

かなりの吹き降りだ。

長いこと降り続けているのかも知れない。

三人とも小屋を出て、沢の様子を見に行った。

濁流だ。

かなり増水している。

「これでは、今日は釣りにならないな」

と、僕が呟いた。

雨が止む気配はなさそうなので、釣りは中止して、一日予定を繰り上げることに衆議一決した。

そして、朝食後、荷造りをし、部屋を掃除して、後髪を引かれるような思いで十時ごろ小屋を出た。

雨はなおも降り続いている。

吊橋が滑って危ない。

注意に注意して渡り、昨日来た径を、今度は僕が先頭、保之助がこれに続き、殿《しんがり》は錦鷲である。

三時間ほどして、クルマを駐めてあった玉川に架かる吊橋を渡った。

今晩はまた新鳩ノ湯か、田沢湖あたりに泊らねばならない。

そこで、錦鷲から提案があった。

玉川の源流の玉川温泉へ行って、温泉に浸かろうというのだ。

誰からも、反対の声は挙がらない。

玉川温泉の源泉はそれほど遠くではなかった。

硫黄の臭いが鼻をつく。澄んだ熱湯が滾々と湧きだしている。

九十八度の熱湯が毎分九千リットルも噴出しているのだ。

キレイだなとは思ったが、温度のことを考えたら、恐ろしくなって後じさりした。

この熱湯が玉川へ流れ込むから、酸性が強くて、玉川本流にはサカナは棲めない。

僕はサウナに決めた。

湯気の立ちこめる小部屋に入ると、初め呼吸ができないように感じた。

大丈夫かなと、少し心配になってきたが、慣れてきたら蒸し暑いけれど、至極快適な気分になってきた。

部屋の中は僕だけのようだ。

気が楽になった。

そこへドアが開いて、誰かが入ってきた。

女性のような輪郭だ。

「失礼してよろしいでしょうか?」

「どうーぞ」

と、僕は応じた。

さだかには見えなかったが、若い女性のようだ。若いといっても、三十五、六だろう。

最初は何とも感じなかったが、相手が僕より若い女性だと判ると、僕は平気ではいられなくなった。

何となく落ち着かないのだ。

変な連想だが、その時、甲子《かし》温泉でのことを思い浮かべた。

阿武隈川の上流を釣ったときのことだが、メンバーは同じ三人……

いや、僕の英語の弟子で、英語アナウンサーの筆谷一朗もいた筈だ。

僕たちは集合時間を予め決めて、川を分けて別々に釣ることにした。

僕は余りアタリがないので、約束時間より少々早くクルマのところへ戻ってきた。

待ちに待ったが、三人は戻って来ない。

それでも我慢して待っていたら、三人が真っ青な顔で現われた。

「どうしたんだい？　随分待ったぜ！」

錦鷲が説明した。

「実は、アタリが全くなかったんで、三人は約束の時間よりずっと早く戻ってきてしまった。さて、どうしようかと相談しました。先生が帰るまでには、まだ時間がたっぷりあるから、温泉にでも浸かろうや、ということになって、温泉に浸かったんですけどね……そこへ、思わざる客がドヤドヤと入って来たんですわ。登山帰りの若い女性たちらしい。みんな全裸なんですよ！　もういけませんや……出るに出られず、みんな湯中《ゆあた》りしてこの始末でさあ！」

僕は開いた口が塞がらなかった。

流雲の瀬尻に立ちし虹一つ

二〇〇二（平成十四）年五月、みちのくの俳句結社「青嶺」の「青嶺祭」に招かれて、一時間の講演をすることになった。

八戸までの新幹線の開通は十二月一日なので、空路で三沢まで行くことにした。

十時頃の便だったように思う。

乗客に外国人が多いのには驚いた。

驚くことはない。

三沢には大きな米軍基地があるのだから当たり前なことだ、と後になって気がついた。

機内は思ったほど混んでいなかった。

天候も申分ない。

離陸は予定時刻より若干おくれたが、上空にも眼下にも雲一つない。

快適な空の旅が愉しめそうだ。

苫小牧に姉を見舞ってから初めての空の旅だ。

遥か眼下に広がるみちのくの山河……

若かかりし日々よく釣った太平洋側の渓流の一つ一つの想い出が走馬灯のように浮かんでは消えた。

三沢に近付くにしたがって、白雲が増えてきた。

航空機はその上を航く。

一条の暗雲が白雲の上を鮮やかに、川のように流れている。

その雲の流れを眼で追った。

何と瀬尻にあたる辺りに、小さな、小さな美しい虹が架かっているではないか！

生まれて初めて見るこの光景は、とてもこの世のものとは思えなかった。

八戸に何か良いことがボクを待っているのかも知れない！

随想　ウォストウォーター

一九六五（昭和四十）年四月、イギリスでは三十年かけて漸くペナインウェーという健脚向きのハイキングコースが完成した。全長四百キロというから、東京・大阪間の距離だ。

イングランドの北部に「イングランドの背骨」と言われるペナイン山脈がある。もっとも高いところで標高八百数十メートル……　余り高い山はないが、脊梁山脈が延々スコットランドまで続いている。

荒野を抜け、山を越え、渓を渉る山紫水明のハイキングコースである。

この山脈を横断して、紀元前百十二年のローマ皇帝、ハドリアヌスがイングランドをスコットランドから防衛するため築いた「ローマの城壁」が全長百二十キロに亘って延々と伸びている。廃墟の城、古戦場国立公園など古蹟が多い。

そのペナインウェーの完成式が四月二十四日、イングランド北東部の都市、古くから毛織物業で知られたリーズの近くのナラムという山上湖畔で執り行われた。式典は言うに及ばず、ペナインウェーの要所要所を取材して、十五分番組を書き上げ、すぐリーズの放送局へ駆け込んで、ＢＢＣ海外放送局のある、ロンドンのブッシュ・ハウスへ有線で送った。後日、日本へ向けて放送するためである。

仕事を終わると、休暇をとって名だたる湖水地方を巡った。

湖水地帯はカンバーランド、ウエストモアランド、およびランカシアの三州に跨がる広大な地域で、湖の一つのグラスミアで作詞したワーズワースの詩の「水仙」は特に知られている。サザビーやコウルリッジも湖畔詩人だ。

数知れないくらいある、大小の湖のなかで有名な湖は九つは訪れただろう。なかでも感慨深かったのは、ウォストウォーターという湖であった。

この湖に着いた時、対岸の山から俄に黒い雲が湧いてきて、今までの日射しが嘘のように驟雨となった。

僕はクルマを駐めて、北海道の支笏湖に似た景観を眺めながら、苫小牧の姉の想い出に浸った。対岸の山は屏風を立てたようだ。

自然と詩心が湧いてきた。

ウォストの湖

ウォストの湖　黒々と静かなり
対岸にそそり立つ山
崩れて　さざれ石となり
ウォストの面に
なだらかな裾を曳く
一条のせせらぎ　岩間を急ぎ
母なるウォストの懐に　入るあたり

カラスの二羽　動きもやらで
岩の上にたたずむ

ウォストの湖　黒々と静かなり
窓打つ雨の音に　ふと面《おもて》を上げれば
対岸の山
はや霧に包まれ　おぼろなり
仔羊の母に身を寄せ
足早に草原を登り来る

二羽のカラス　なおたたずむ岸辺に
美しく枝を張る　一本の松
うたた　郷愁を誘う

（一九六五・四・二六）

秋

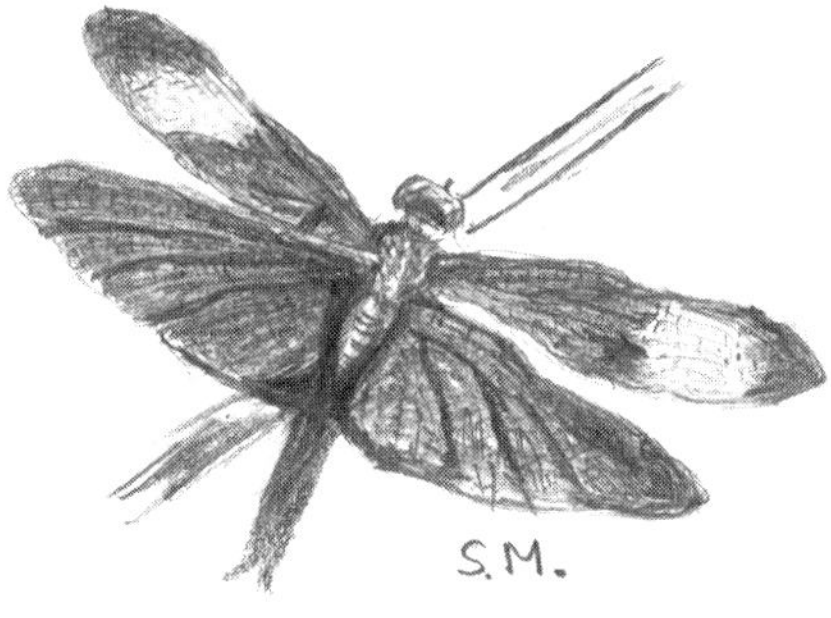

秋めくや懐紙に移す唇《くち》の紅

放送会館がまだ内幸町にあった頃の話……

僕はそばが何よりも好きだ。だから、昼、連れのないときは必ずといっていいくらい、そばを食べに行く。それも、放送会館近くの砂場ではなくて、少し離れた虎ノ門の「砂場」だ。

何故、虎ノ門の砂場かというと、耳にした同僚たちの口さがない噂によれば、僕のお目当ては帳場に坐っている若い娘さんだという。自分では、気が付いていなかったが、そう言われてみれば、成程そうだったかも知れない。

その娘さんは西崎みどりの一番弟子で、日本舞踊も一流だそうだ。

彼女は結婚して、独立した家庭を持った。だから、最早、砂場の帳場に坐ることはない。

それでもなお且つ、僕は週一度はここのそば、特に、のりかけそば（ほかのそば屋ではざるそばという）を食べに行く。ここのそばが美味しいからである。

当時、つゆそばでも何でも、ここのは量が少なかった。普通の人には物足りなかっただろうが、量が少ないからこそ美味しさが増す、と僕は信じている。僕には天こ盛りしたそばは頂けない。

砂場の娘さんが帳場に坐っていた頃の話だから、半世紀以上も前のことになる。

その年の暑かった八月も終わって、九月の声を聞いた。仕事で一時頃までスタジオにいた僕は、連れもないので、いつものように、虎ノ門の砂場へ行くことにした。

この日は、一時を過ぎたというのに、店はかなり混んでいた。幸い、四人掛けの席が一つだけ空いていたので、そこへ坐った。

娘さんの代わりに中年の女性が帳場に坐っていた。僕はいつものように、のりかけそばを注文した。

僕が注文するやいなや、品のよい和服の女性客が入ってきて、僕の向いに坐った。そして、同じようにのりかけそばを注文した。美しい女性だった。日本舞踊でも踊る人かも知れない。和服のよく似合う、匂うような若い女性だ。立ち居振る舞いが実に落ち着いていて。非の打ちどころがない。

のりかけそばが来る間、僕は目のやりどころに困った。相手が余りにも美しいからだ。僕は内ポケットから手帳を出して、それをめくる仕種をした。照れ隠しである。

やがて、注文のそばが運ばれてくると、彼女はゆっくりと箸を割って食べ始めた。そして、終始音も立てず、しとやかに食べ終えた。品のよい食べ方に僕は感心した。

食べ終わると彼女は懐から懐紙を取り出して、唇にあてた。

その白い懐紙に唇の紅がほのかに移った。

僕は秋を感じた。

姉逝きて虫聴く夜々となりにけり

私には姉が二人いた。

一番年上の姉はとし子といった。

僕が物心つく前に結婚していたから、僕には割りと縁遠い存在だった。

不幸にして結婚に失敗し、長女和子を連れて僕たちの堀之内の家に戻ってきた。

出戻ってからのとし子は僕たちに気兼ねしたのか、ホテルの雑役などをして、朝早くから夜遅くまで、身を粉にして働いた。

別居が避けられなかった責任は夫にあったようだ。その夫が自分の行いを悔い改めたので、僕の両親の許しが出て、二人は元の鞘へ収った。

二人は暫くの間、夫の実家……茨城県の吉沼で暮らした。筑波山を臨む寒村である。

そのうち、長男の孝夫が生まれた。

ところが、暫くして、とし子の夫は脳硬塞を患い、寝たきりの生活に入った。で、孝夫は、苦労の多い少年時代を過ごすようになる。

どんなことをして一家が生計を立てていたのか、僕には判らない。孝夫が中学へ進学した頃、父親が他界して、孝夫は高校への進学を断念した。

長じて孝夫はある郵便局に職を得て、懸命に働いた。そして、若くして、大宮郊外の小深作にローンで一軒家を購入し、母子二人の生活が始まった。

やがて、とし子はガンを患い、一九九三（平成五）年八月五日、八十二歳の生涯を閉じた。

不幸を背負った生涯であった。

もう一人の姉、セイ子……母亡きあと僕が第二の母のように敬愛したセイ子は二〇〇八（平成二十）年の九月三日に苫小牧で不帰の人になった。

鮎落ちて河原は白き石ばかり

地表全面積の約七十二パーセントを水が覆っている。また、動植物体の七十～八十パーセントは水が占めている。人間また然りである。

水がなければ動植物は生きて行けない。

だからかも知れない。橋を渡るとき、人は誰でも、必ずと言っていいくらい、川の流れを覗き込む。あながち、釣り人だけではない。

関越自動車道経由で新潟へ出たあと、日本海沿岸を北上して鶴岡を目指すコースを思いつくまでは、僕は東北自動車道を利用していた。往きも帰りも鬼怒川を渡った。その度に僕は鬼怒川の流れに目をやった。

アユの最盛期になると、鬼怒川の河原はどちらをみても友釣り師で賑わっている。さながら、アユ釣り銀座だ。

胸までのゴム長を穿いて川に立ちこみ、長い太い竿を巧みに操っている。

僕もかつてアユ釣りに夢中になったことがある。終戦後、間もなくのことである。あの頃の多摩川は下流でも結構、川は清らかであった。アユも大量に溯上していた。

流れに立ちこんで、オトリを操る。縄張りを護るアユに襲われると、オトリは怖れて逃げる。その時、竿先から僕の手に伝わってくる感触がなんとも言えない。

どっぷりはまり込んで、毎週のように多摩川へ通った。

しかし、この友釣りには動きがない。それが僕には物足りなくなった。そして、動きのあるヤマメやイワナの釣りに転向した。

晩秋、落ちアユの時期が終わると、川はウソのように寂れてしまう。

あれだけ川を埋め尽くすようにいた釣師たちの影は掻き消したように失せてしまう。

河原には白い石だけが残って、まだ強い陽射しを返している。

意に染まぬ賞は固辞して菊の酒

昔のNHKの同僚の橋本定久が肺癌のため若くして急逝した。

外語では僕の後輩だが、スペイン語の大家であった。

平成十四年九月二十五日が彼の告別式だ。

ボクは当日午前十時半頃、告別式参列のため、家を出ようとしていた。

電話が鳴った。

長電話でなければいいがと思いつつ受話器をとった。

「水庭先生でいらっしゃいますか?」

落ち着いた、品のある女性の声だ。

「はい、そうですが、何でしょう……?」

「○○文化振興会の××と申しますが、先生が今年度の「社会文化賞」の受賞者に内定しました。お受け頂けるでしょうか?」。

「大変名誉なことですが、○○文化振興会という団体を私は寡聞にして存じ上げません。いま、出かけるところなので、失礼ですがパンフレットなどをお送り頂けるでしょうか?」

「はい、直ぐお送りしますので、どうぞご検討下さい」

僕は、急いでいたので、それで電話を切った。

二、三日して振興会の委員の構成・理念・これまでの業績などを詳しく記したパンフレットが送られて来た。それに寄ると、初代総裁は○○○宮殿下とのことだ。

とにかく、話を詳しく伺うため、銀座のオフィスを訪ねることにした。

オフィスは、僕が昔よく通った寿司屋の真ん前のビルにあった。

××さんはなかなか感じのいい女性であった。

僕たちが面談した場所の奥には、授賞式を行なう場所らしい、旗などに飾られた部屋があった。

「私ごとき名のない者が貴振興会の社会文化賞の受賞者に内定されたことは、とても光栄に思いますが、一体私のどこが評価されたのでしょうか?」

と僕は訊ねた。

「先生はご本を沢山書いておられます」

多くの本を書いている人は他にも沢山いるから、具体的に僕の本のどこが、どう評価されたのかをもっと知りたかったが、答えは期待外れであった。

それに、受賞する場合は、直ちに名誉会員となり、予め何がしかの寄付金を銀行に振り込むとのことであった。

寄付をするのにはやぶさかではないが、何か引っかかるところがあって、僕の肚は決まった。

が、即答は避け、後日、正式に諾否を連絡することを約して、オフィスを辞した。

一日間を置いて、僕は××さんに電話し、

「大変栄誉なことですが、よく考えると、お金で栄誉を買うような形になる。いやしくも、学問の道を歩むものとして私の良心が許しません。申し訳ありませんがご辞退致します」

××さんは、

「先生がそう仰しゃるのであれば、私どもは無理にとは申しません」

と、まことに清々しい応対だったので、ボクの気分も爽快になった。

打ち続く不況のため、企業からの献金が減ったためかも知れない。

コスモスの寄ると触ると噂かな

一九七九（昭和五十四）年一月、奈良市で太安麻呂《おおのやすまろ》の墓誌が発見されて、古事記に特に興味を抱いていた僕は興奮した。

場所は丘陵の斜面で、茶畑の開墾中に偶然発見された墓の中から遺骨や真珠と一緒に銅板製の墓誌が見つかったという。

古事記は皇室側からみた推古天皇までの歴史を扱っているが、僕には神話・伝説・歌謡などを記した文学書として、実に興味深い。

舎人《とねり》の稗田阿礼《ひえだのあれ》が物語るのを太安麻呂が漢字に起して筆書きしたという。古事記の序文は太安麻呂自身の作のようだ。

二、三年ほど経った秋、僕は現地を訪れた。よく晴れた日で、陽の当たる斜面には、白い砂利を敷き詰めた径が墓まで通じていた。入口には案内図の描かれた立て札があった。僕は立ち止まって暫し見入っていた。

その径の少し上にコスモスの群落があって、折柄の風の中で揺れ動いていた。

僕は他愛もない噂話に打ち興じているコスモスの会話を耳にしたような錯覚に囚われた。

「あらッ！五十絡みの男が墓への径へ入ってきたわッ！」

「そうね。学者じゃあないらしいわねェッ。径の真ん中に生えている一本きりのコスモスと私たちを見比べて考え込んでるわッ！　私たちが追い落としたとでも思っているのかしら……」

「ねえ、そんなことはどうでもいいから、さっきの続きを聞かせてよ」

「稗田阿礼のこと？」

「そうよ！あの話、とても面白いわッ！」

「阿礼はどう考えても女よッ！　そうに決まって

るわッ。それとも、二人は同性愛？ そんなことは考えられないわッ。だって、そうじゃァない？ 何日も何日も二人ッきりで、しかも同じ部屋で夜遅くまで仕事をしていたんだから……阿礼は間違いなく女よ。女に決まってるわ。だって、稗田は猿女公《さるめのきみ》と同族だと言うじゃないッ！ 天鈿女命《あめのうずめのみこと》の子孫よ。国学者の平田篤《あつ》胤《たね》だって女だって言ってるわよ！」

「そうね。そうかも知れないわねッ！」

円熟した柔らかい秋の陽射しが小石を円形に並べた安麻呂の墓を優しく包んでいた。

この月の月を観むとてながらへし

旧暦八月十五日の月が「名月」である。「明月」は、「名月」のこともいうが、清らかに澄み渡った月のことだ。

許六は、『「名月」は八月十五日一夜也。明月は四季に通ず』として、区別している。

旧暦九月十三日の夜が「十三夜」で、「十五夜の月」に対して「後の月」といわれる。「源平盛衰記」に、「九月十三夜になりぬ。今夜は名を得たる月也」とある。

だから、僕がいう「この月の月」は、「九月十三夜の月」のことだ。

中学生の頃から病弱だった僕は、せいぜい生きられて三十五歳までと思い込んでいた。

それが、戦争中、軍隊に狩り出されはしたが、戦場にも征かなかったので、傷一つ負わなかった。

何回か死と隣り合わせたことはあったが、不思議と命長らえて、いつしか喜寿も過ぎた。傘寿は目前である。

そうしたら今度は欲が出たのか、し残したことがまだ沢山あるということを理由に、もう少し生きたいと思うようになった。

男の平均寿命も無事過ぎたのだから、もういつ三途の川を渡っても心残りはない筈だが、いつまでもこの美しい自然を観ていたいという願望も強くなってきた。

あの世では「この月の月」は観られないかも知れないからだ。

城で持つ町で人待つ居待月

僕は昔から大阪と名古屋とは何故か縁が薄い。理由は解らない。京都、奈良、そして出雲と鳥取により強く魅かれるためかも知れない。大阪と名古屋は僕にとっては通過点に過ぎないのだ。特に、名古屋は小学校のころ修学旅行で一度訪れただけである。

ところがある年の九月十八日、久し振りに名古屋を訪れる機会に恵まれた。土地の俳人と会って、食事しながら旧交を温め、俳句に関する意見交換をすることになったからだ。

で、当然、一泊旅行となった。

僕は数年前に病を得たため、それまでは毎月だった京都と奈良への旅が途絶えた。従って、久し振りに乗る新幹線に少なからず興奮した。

名古屋駅に着いたとき、その変貌振りに目を見張った。京都駅の変わりようも激しいが、名古屋駅のそれは、これに勝るとも劣らない。超高層のビルが立ち並んでいた。

駅の様子が変わったので、待ち合わせ場所をどちらかが間違った。しかし、携帯電話でことなきを得た。

駅前の最も高いビルの名前がどうしても今思い出せないが、そのビルの高層階のレストランで夜景を観ながら食事をしようということに意見がまとまった。

しかし、案の定、最上階のレストランは予約で満杯だった。そこで、やむを得ず中層階のレストランで我慢することにした。

ここでも名古屋の夜景は結構愉しめたし、折しも南米からのバンドが各テーブルを回って、ラテンの歌を唄って客を存分愉しませてくれた。

久し振りの愉快な旅であった。

「伊勢は津で持つ、津は伊勢で持つ、尾張名古屋は城で持つ」……

その有名な城を観る時間がなかったのは残念と言えば残念であった。

底紅のいつもむづかる別れかな

迪《み》っちゃん……水戸の待合の娘さんに初めて会ったのは、その待合いで宴会が催されたときのことだ。

僕は終戦直後、日本軍隊からの除隊を条件に、水戸へ進駐してきたアメリカの第四十二砲兵大隊で一年余り通訳として働いたことがある。

NHKへ復帰する前のことである。

ある夜、この待合いで、宴会があった。進駐軍の司令官が招待されたから、通訳の僕も同席した。

迪っちゃんにはその時、お帳場で初めて会った。髪はお下げ髪で、三つ編みを二本垂らしていた。年の頃は十六歳ぐらいだろうか。色白では決してないが、健康そうな、黒目勝ちの初々しい少女だった。(旧制)女学校の四年生だという。まるで、愛くるしい日本人形のようだ。

僕は迪っちゃんからも、その母親からも歓迎された。母親も極めつきの美人で、いかにも大人といった整った顔立ちをしていた。

「米軍キャンプではろくにお風呂にも入れないだろうから、ウチでお風呂に入って、たまには泊っていってもいいのよ」

と、母親から有難いお言葉があった。

毎日でも、風呂に入りたい僕は、有難くて涙が出た。

奥の庭には木槿が咲いていた。その庭に面して、八畳の間が二つあった。庭から見て右手の部屋は母娘の寝間で、僕はその隣の部屋に寝かせてもらった。

水戸も空襲で焼かれたので、当時は交通の便も悪かった。それで、僕は朝早く起きて、キャンプまで歩くことにしていた。

気の毒に思ったのか、いつしか、迪っちゃんも早く起きて、僕を送り出してくれるようになった。

僕が仕事で泊れない夜が続くと、迪っちゃんの態度が何となくおかしい。まるで、駄々っ子のように変に拗ねたりする。初めは気付かなかったが、少し心配になった。

僕は一九四六（昭和二十一）年十一月に待望のNHK復帰を果した。

迪っちゃんに再会したのはそれから数年してからであった。

兄の義信と一緒に、迪っちゃんの経営する柳橋の「嵯峨野」に行った。

迪っちゃんは押しも押されぬ一流の料亭の女将に成長していた。

たくづのの白き仏塔秋の潮

NHK時代の同僚で四国徳島市在住の濱田勝弘氏から四国へのお招きがあった。同じ国際局でともによく働き、よく飲んだ仲間が三人、羽田から空路徳島に向かった。秋晴れの清々しい日であった。

濱田氏は久し振りに見る僕たち三人を心から歓迎し、もてなしてくれた。

翌日は彼の運転で四国中を巡り歩いた。現在のように高速も完備されていなかったから、一人の運転ではさぞ神経をすり減らしたことだろう。

高松の栗林公園は回遊式公園で、池畔にあった枝振りのよい松が印象に残った。

吉野川上流、祖谷川との合流点付近にある大危歩《おおぼけ》、小危歩の絶景、葛橋《かづらばし》など、心に残る景観ばかりであった。

最初の日に案内して頂いた徳島市内にある眉山《びざん》は標高僅か三百メートル弱だが、頂きから紀伊水道と淡路島を望むことができる。

青空に聳え経つ純白の仏塔の下を眩しいような秋の潮が流れていた。

戯れに立てし指先秋あかね

数年前のことだ。

その年最後の渓流釣りを月山周辺の沢で堪能して、僕は最後の宿泊地の新潟に向けてクルマを走らせていた。

新潟近くの海岸沿いに沼がある。

この辺りで秋アカネの大群に遭った。

沼のヤゴが一斉に羽化して飛び立ったのだろう。

まさに湧いたという表現がぴったりだ。

秋アカネの大群は僕が新発田の或る名園に着くまで続いた。

池の周りも秋アカネで溢れている。

数が余りにも多かったので、悪戯心が湧いてきた。

戯れに右手の人差し指を立ててみた。

不思議や不思議！

一匹の秋アカネがその指にきて止まった。

僕がトンボ少年だったから、トンボに好かれるのかも知れない。

月山の或る沢ではこんなことがあった。

初秋の燦々たる陽射しが簡易鋪装の林道に降り注いでいた。

僕は畳んだ竿を肩に、林道に映った僕の影を見ながらクルマの所へ降りて行った。

一匹の秋アカネが僕の帽子にきて止まった。影にはっきりと映っている。動こうともしない。

まさかと思いながら、僕は影を頼りに手をトンボの方へ動かした。

トンボは首尾よく僕の手中におさまった。

朱鷺《とき》の空蜻蛉の空も遥けくて

朱鷺はその昔、日本全国で見られたが、明治期以後乱獲されて激減し、一九五二（昭和二十七）年に国の特別天然記念物に指定された。

一九九五年四月、新潟の佐渡トキ保護センターで飼育されてきたが、二〇〇三年十月に、日本産トキは絶滅した。

一九九九年に中国から贈られたつがいの繁殖に成功したが、今年も朱鷺の自然繁殖は絶望的なようだ。

自然はひとたび失われたら、取り返しがつかない。

蜻蛉もそうだ。

僕の子供の頃は、大きいのはオニヤンマ、ギンヤンマ、ウチワトンボ、中くらいなのはシオカラトンボ、アカトンボ、それに全身真っ黒なチョウトンボなどがいくらでもいた。

夕方になると野原という野原の空に蜻蛉の大群が現れて、空を真っ黒に染めた。

最近、シオカラトンボは余り見られなくなって、大きさも体色もそれによく似たコシアキトンボが圧倒的に多い。

皇居の濠の近辺でもそうだし、僕が今、散歩している北の丸公園でもそうだ。

僕はトンボ少年だったから、トンボとの縁は極めて深い。

コシアキトンボを初めて見たのは松江で、本屋で調べているうちに、古事記の伊賦夜《ゆうや》坂のことを思い出し、黄泉比良《よもつひら》坂に辿り着いた。

奈良ではうっかり道に迷った挙句、チョウトンボに導かれて「箸墓《はしばか》」を発見した。

朱鷺の空も蜻蛉の空も最早絶望的かも知れない。

野分して忽ち失せし兄二人
芒野へ兄の隠れし星降る夜

一九八四（昭和五十九）年、僕は一か月の間に二人の兄を次々と喪って茫然自失した。

先ず長兄が八月二十七日にガンのため、この世を去った。享年七十八歳。至極真面目な、仏様のように人の良い、意志堅固な男であった。

葬儀が済んで間もなく、還暦を過ぎた僕は姉のいる北海道の苫小牧に飛んだ。九月の二十日である。二泊三日の予定であった。

翌二十一日の夕刻、水戸から突然電話が入って、次兄の急逝を知った。まえまえから心臓に障害があった兄は享年六十八歳だった。

姉と僕は手を取り合って泣いた。

翌日速い便で、僕たちは取るものも取り敢えず、空路羽田経由で水戸へ向かった。何のことはない、僕はまるで、兄の葬儀のために、一人歩きの心もとない姉を迎えに行ったようなものだ。

兄はあの夜、歯を磨いている間に崩れるように逝ったそうだ。苦しみは全くなかったらしい。せめてもの慰みである。

生前、兄は僕の手を取って自分のノドに当てたことがあった。それは氷のように冷たかった。血行が極度に悪かったのだろう。

この兄は学校の成績が良く、父から軍人になることを望まれたほどだった。蓄膿症のため、士官学校へは進めなかったが、大学へ進学して、法律を学んだ。そして、入隊後、朝鮮で憲兵として軍務に服した。

戦後は生命保険会社へ入社し、各地の支所長を歴任した。

軍務中受けた放射線治療で、子供を持つことは絶望的であった。いろいろな面で不幸な男であった。

葬儀は兄の愛した水戸の家で行なわれた。最後のお別れで、棺の中を覗き込んだ僕は息を呑んだ。

棺の中に横たわって花々に埋もれた兄の顔は、僕の顔そのものだったからだ。

いつになるか知るよしもないが、僕に死が訪れた時、棺の中に横たわる僕はこの兄と全く同じ顔に違いない、と確信したほどだ。

あれから二十年…

その僕は皺だらけの八十六歳になった。

白桃を男の指が剝いてゆく

白桃は水蜜桃の一品種で、果肉はその名のごとく色が白く、美しく、且つ甘くて美味な果物である。「しろもも」とも呼ばれ、岡山県産のものが有名だ。指を使って楽に表皮を向くことができる。だから、僕は子供の頃から白桃が大好物であった。

僕の子供の頃、白桃は高価で、貧しかった僕らの家庭では楽に手に入るものではなかった。僕が白桃に親しむことが出来たのは、父の妹が岡山に嫁いでいたからだ。その名を杉田のぶといった。僕は一度も会ったことがない。毎年秋になると、この白桃を送ってくれたので、子供心に秋の来るのが待ち遠しかった。

白桃が届くと、母が美しい手で剝いてくれた。剝かれてゆく白桃を逸る心を抑え、口に涎しながら、その美しさに見惚れていたのを想い出す。

終戦の年、脳溢血で父が疎開先で他界してからは、岡山県の叔母との交渉も途絶えがちになってしまった。僕たち六人兄弟もばらばらになり、池袋の兄義信の家で、母が昭和二十七年に病死してからは、岡山の叔母との音信は完全に絶えた。

二、三年ほど前、日立の従兄たちと久し振りに再会した。戦後初めてである。一番年上の佐々木隆は北茨木市在住で、当時剣道の道場を経営していた剣道の達人である。九十半ばを過ぎた今も矍鑠《かくしゃく》としていて、毎年開かれる武道館での式典には必ず出席するそうだ。

その隆ちゃんから岡山の叔母のことを聞いた。隆ちゃんたちは戦中戦後もこの叔母と連絡があったらしい。叔母の住所は備前市大字佐山三〇四〇の一とのことである。

その墓も近くにあって、墓石には「常陸之國」と叔母の出生地が刻み込まれているという。


僕は早速、杉田家の当主、杉田正美さんへこれまでの失礼を詫び、血縁としての付き合いを再開したい旨を手紙に認めて郵送した。

何故か、返事は来なかった。

叔母の住所を知らせてくれた隆ちゃんも既に亡き数にはいっている。


さて、白桃の話にもどるが、僕は若い頃は母似で、色白だった。手指も細くて女のようであった。男の色白は僕は余り好きではない。

で、機会あるごとに陽に当るように心掛けた。夏の多摩川でのハヤやヤマベの毛バリ釣りも、必ず海水パンツ一枚になって流れに立った。そのため、腰の部分を除いては真っ黒に日焼けした。

銭湯に行って裸になると、回りから好奇の目で見られた。然し、手指は相変わらずすんなりと華奢であった。


ところが、六十の声を聞くようになってから、容貌も手指も父に似て来た。父は仁王のような体格で、指は節くれだって極めて男性的であった。僕の十本の指は節々が膨らみ、それに手の甲には老班が散らかっている。とても人前に出せる手ではなくなった。

どう贔屓目に見ても、あの美しい白桃を剥く指ではない。

S.M.

方舟《はこぶね》へノアの忘れし柿の種

地球を襲った大変災といえば誰でも「ノアの大洪水」を思い出すだろう。

人類の堕落を怒り嘆いた神は罰として大洪水を起した。然し、他の人間とは違って、ノアという老人は清らかな生活を送っていた。

そこで神はノアに方舟の建造をこと細かく教示したあと、その舟に、ノアの妻、息子たちとその妻たち、それに鳥や獣たち及び食糧などを積み込むよう指示して、ノアに脱出することをお許しになった。

大洪水が地球を襲った時、ノアの方舟はアルメニア地方のアララト山の頂に漂着した。洪水は百五十日間も続いた。やがて、洪水は次第に退いて、山々の頂がその姿を現した。

ノアは四十日間待って、方舟の窓を開けた。しかし、すぐには行動に移らなかった。一羽のカラス、続いて一羽のヤマバトを偵察のために放った。

トリたちは空しく方舟に戻って来た。二羽とも、止る木を発見できなかった、とノアは悟った。

ノアは更に一週間待ってから、同じヤマバトを外に放った。

夜になって、嘴に一枚のオリーブの葉を銜《くわ》えてそのハトが戻って来た。ノアは地上から水が完全に退いたことを識った。

それでもノアは更に一週間待って、再び同じハトを放った。

ところが、ハトは今度は戻って来なかった。

ハトは生活できる場所を探し当てたのだ、とノアは確信した。

そこで、ノアは方舟の覆いを外した。と、どうだろう……

大地は殆ど乾いていた。

ノアたちは方舟を離れた。

当時、六百歳だったというノアの比類ない慎重さがあったればこそ、人類をはじめ地球上のありとあらゆる生物が再び繁栄することになったのだ！

僕は前に述べたように、一九六四年から六七年の三年間、イギリスに滞在した。

イギリス人の家に下宿していたが、そこの女主人はフランス人であった。日本から送られて来た柿を見せたところ、彼女は「あらッ、カーキィ！」と大仰に叫んで、如何にも懐かしげに柿を凝視《み》た。フランスでも「カキ」と呼ぶらしい。

英語に、persimmon、という言葉がある。が、それは日本の柿とは少し違うようだ。

柿はもともと東アジア温帯固有の果樹で、古くから日本に輸入されて栽培されて来た。

ノアが方舟へ柿の種を積み込むのを忘れたとしても不思議はない。

風前のともしびが舞ふ秋あかね

ハワイ生れの友人の一人が亡くなった。日系二世で、戦後長い間、日本で秘密の任務に就いていた。

松本清張の本にもその名を見かけたことがある。興味ある豊富な話題の持ち主だった。

彼にはこんな話もある。

若い頃、彼はハワイの日本人病院（現在はクアキニ病院）の事務局で働いていた。

ある日、彼はハワイの海で大きなカメを釣り上げた。カメは幸運をよぶと信じて、彼はカメの甲羅に白いペンキで自分の名前と釣り上げた年月日を書いて、酒を飲まして海に返すつもりだった。

それを見かけた病院の先輩たちが、お手のもののメスで甲羅を剥がし、肉を刺身に料《つく》って、酒盛を始めた。

そんなことになっているとは露知らない彼は、戻ってきて驚いた。ピンク色をしたカメの刺身はまるで生きているように皿の上でピクピク脈を打っていたという。

初めは、拗ねていて機嫌が悪かった彼も、酒盛に誘われると、カメに酒を呑ませて海に返してやることはすっかり忘れて宴会に加わり、「旨い旨い」と宴会を盛り上げたという。


その友人がハワイで亡くなったのだ。日本をこよなく愛していたから、遺骨は本人の遺志に従って、ハワイと故人の先祖代々の墓のある東京の寺とに分骨されることになった。

ハワイでの葬儀には出席できなかったが、東京での納骨式は芝の寺で執り行われたので、僕も参加できた。

折しも、秋も終りのころで、墓地の上を無数のアキアカネが飛んでいた。

西日を受けてハネだけをゆらゆらと光らせて舞うその姿は今生の別れの舞を舞っているかのようだった。

眼裏の萩さはさはと眠れさう

数年前まで、僕は昼食はたいていアパートの近くの喫茶店「アカシヤ」でとっていた。

僕の家から「アカシヤ」までは徒歩で二分とかからない。

だが、途中、石段を登る。

座骨神経痛と息切れに悩まされる昨今はこれを登るのが僕には辛い。

石段の片側は石垣で、夏には萩が長い裾を石段へ曳く。

辛いが、僕はこの石段を昇り降りするのが好きだ。

花をつけたときの萩もいいが、緑一色の時の萩もいい。

時には、女の子たちが石段の途中に座って、しだれ萩の下で、思い思いの弁当をつかっている姿に出会うことがある。

不思議な取り合わせに、僕はしばしば歩を止めて眺めてしまう。

僕は普段、夜十一時頃まで仕事をし、「保存」してからパソコンを離れて床につく。

それから、一時間ほど読書したあと、掛け布団を深々と被って眠りにつく。

眼をつぶって暫くすると、人の顔が眼裏に浮かぶ。そうするとしめたものだ。

間もなく眠りが訪れる。決まって、そうなのだから、不思議な話だ。

一番確実なのは、あの緑の葉を沢山つけた萩の細い枝が幾本も風にゆらゆら揺れている状景が眼裏にマザマザと見えて来る時だ。

快眠が確実にやってくる。

曼珠沙華兄は享年二十一

僕の直ぐ上の兄は正義という名で、僕と同じ私学「巣鴨学園」の商業学校（旧制）を卒業した。

四つ年上のマーちゃんは、成績はあまり良くなかったようだが、英語と音楽が大好きで、ウクレレを弾きながら、「上海リル」など、アメリカの唄をよく英語で歌っていた。

だから、僕も英語の歌詞を自然に覚えてしまった。聞き覚えである。

六十年以上経った今でも、「上海リル」を英語で歌える。

マーちゃんのお陰だ。

マーちゃんはまた魚釣りがすきで、僕の釣りのお師匠さんでもあった。

巣鴨商業を卒業すると、直ぐパイロット万年筆の会社に就職した。

家を出てアパート住まいを始めたが、一年もしないうちに結核性腎臓炎を患い、右の腎臓を全部摘出した。手術は成功して、一ヶ月ほどで退院し、自宅療養に入った。

背中から腹部にかけての痛ましい傷を見せてもらったが、僕は思わず目を逸らした。

当時は抗生物質などはなかったから、傷口が化膿してなかなか治らなかった。

そして、再び入院した。

病状は悪化の一途をたどり、昭和十六年三月三十日、遂に帰らぬ人となった。

弱冠二十一歳であった。

母の哀しみはとても見ていられなかった。

棺の中にはマーちゃんの好きだったウクレレと英語の流行歌集を入れてやった。

一体、何のための人生だったのだろうか？

ボクはその四、五日後、東京外語に入学した。

昭和十六年十二月八日、日本が太平洋戦争に突入する、忘れることのできない年である。

雪迎へゆめゆめ油断召されるな

「雪迎へ」は、小春日和の日に、クモが自分の吐き出す糸に乗って空中を飛行する現象で、山形の米沢盆地などで見られるそうだ。

大雪の季節の前触れである。

これは実話である。

僕の友人が乞われるままにまとまった金を親戚に融通した。その親戚は先代から「大衆割烹」を経営している。先代の頃は大いに繁昌したが、娘の代になって経営が苦しくなってきたらしい。酒屋への借金が膨らんで、返済に困って、お人好しの友人に懇願したというわけだ。

気の毒に思って融通したのが悪かった。

なかなか返してもらえない。友人は一介のサラリーマンだったから、自分の財産に余裕はない。

自分の老後が心配になってきた。そこで、何とか返すよう再三に亘り要請したが、始めに僅かな金を返してきただけで、後は言を左右にして返済しない。

色々調べてみると、酒屋へ返済するというのはいつわりで、娘が自分の亭主と別れるための慰謝料に代用したらしい。

最近では、他界したその母親が生前、融通した金は友人が娘たちに遺贈すると常日頃言っていたと主張して、娘たちは返済の必要はないと言い張っているそうだ。

友人にはそんなことを言った覚えは全くないという。

油断大敵である。

指で辿るテムズの水の今澄むや

僕が三年間のイギリスＢＢＣ出向から帰国したのが一九六七年九月だから、早くも四十余年もの歳月が流れたことになる。その間、イギリス、いやイギリスの渓流魚にはとんとご無沙汰している。僕が通った北イングランド、ウェールズ、スコットランド、アイルランドの渓流は今でもしばしば夢に出てくる。

イギリスには大陸にあるような大河はない。とは言っても、テムズ川は日本の利根川より長く、全長約三百四十キロだ。

大ブリテン島がまだ大陸の一部だった大昔、セーヌ川に注いでいたという。

イングランド南西部のコッツウォールド丘陵にその源を発し、途中、オックスフォード、ウィンザー城の傍を過ぎて、首都ロンドンを貫流し北海に注ぐ。

源流の丘陵地帯は牛や羊の放牧地で、日本ではとても想像もつかない、のどかな風景が展開する。

四十年前のテムズ川は、河川浄化対策が可成り効果を表わしていたが、それでも下流域はお世辞にも澄んでいるとは言えなかった。しかし、中流から上流にかけては、川底に生えている藻類がハッキリと見えるくらい、よく澄んでいた。

しげく通った源流近くのコウン川はテムズの支流だが、北海道のヤマメの川のように、清澄な川底に細長い藻が密生していて、ブラウン・トラウトに絶好の隠れ場所を提供していた。

今の「朝どら」の「おひさま」に出てくる長野県の安曇野の川のようだ。

毛バリが流れてゆくと、その藻の中から猛烈なスピードでブラウンが跳びかかる。目に見えるのだから、僕を夢中にするほど釣趣があった。

BBCにいた頃、日本向けの十五分番組でテムズ川を取り上げたことがある。

源流から河口までの要所要所を、風景や歴史や文化などを織りまぜながら、詩の形式で詠ったものだ。

残念ながら、最早その原稿は影も形もない。

今は、地図を辿ってテムズの想い出に浸るしかない。

夜なべの灯かさね八十路の見えてきし

一九九〇（平成二）年に博友社から「現代俳句表記辞典」を出版してから今日まで、僕は十四冊の俳句関連辞典を出版した。

途中、事情があって、出版社が雄山閣の竹内書店新社に変わったが、僕は六十六歳から七十八歳までの十二年間に、毎年一冊ずつ辞典を編んだことになる。

善し悪しは別としてもである……

俳句辞典を編むためには、目を酷使して気の遠くなるような数の俳句を読まなければならない。

電車の中でも、喫茶店でお茶を飲む間も、床についてからも読む。

一秒でも欲しいのだ。

読むだけではない。

集めた俳句を類別してゆく。

そして、これをパソコンに打ち込んでゆく。

何度、パソコンが立ち上がらなくなって、打ち直しを強いられたことか。

気の遠くなるような作業の繰り返しだ。

意気消沈の極みに達して、涙さえでない。

気を取り直してパソコンに向かう。

そして、最後に夥しい数の例句の中から採用する句を選ぶ作業が待っている。

俳句辞典編纂の作業ほど報いの少ないものはない。

おそらく、損得を考えたら、誰も進んでやる人はあるまい。


ただ、一つの慰みは、利用してくれる読者があるということだ。

だから、僕はこの作業を十二年間も黙々と続けて来たのだ。

気がついたら、僕もあと一年足らずで米寿を迎える。

俳優《わざをぎ》は白狐や月の石舞台

三輪神社の参道から少し左へ入ると、展望台がある。ここからは、畝傍《うねび》山、天香久《あまのかぐ》山、耳成《みみなし》山の大和三山が一望できる。

大和三山は日本のピラミッドだ、とする説もある。

その中間を流れるのが飛鳥川だ。

古代の中央豪族、稲目の子の蘇我馬子の墓と伝えられる石舞台は、その上流域にある。

古墳時代後期の方形古墳で、大小三十個の花崗岩を積み上げて築かれた、白茶《しらちゃ》けた横穴式の石室が露出している。

外から観ると、まるで舞台のように見えるので、石舞台と呼ばれている。

僕がここを訪れたのは、九月を過ぎた頃の快晴の日であった。舞台の奈落は暗くてヒンヤリしていた。
近くにあった木製の板には
「キツネが夜な夜なこの舞台で踊った」
と、書かれていた。

馬子の子は蝦夷《えみし》。そして、その子が入鹿《いるか》だ。

国政をほしいままにした入鹿は、中大兄皇子《なかのおおえのおうじ》や中臣《なかとみの》鎌足《かまたり》に謀殺される。

三韓からの貢ぎ物を奉る上表文を読む役になった蘇我倉山田麻呂は、馬子の孫で、入鹿の従兄だ。


言わば、蘇我氏の別家である。

本家意識を笠に着て、何かと横車を押す蝦夷と入鹿に対して倉山田は日頃から心よからず思っていたらしい。

そこを見透かされて、鎌足のすすめで、入鹿暗殺に加担することになる。

前もっての打合せでは、倉山田が天皇の前で上表文を読み上げる間に、佐伯子麻呂が入鹿の背後に忍びよって、これに斬りつけることになっていた。

ところが、恐怖にかられた子麻呂は、上表文の朗読が終りに近づいてきたのに、打合せの頃合になっても出てこない。

上表文を読んでいる倉山田も怖ろしくなって、声は乱れ手足が震えて来る。

これを見た中大兄は最早これまでと判断して、大声を発する。

その叫びに我に帰った子麻呂が狂ったように、剣を振りかざして飛び出す。

中大兄も剣を抜いて、子麻呂とともに入鹿の頭や肩に斬りかかり、入鹿暗殺が成功する。

大化改新の歴史の一齣だ。

僕の頭の中では、白狐がこのシーンにだぶる。

随想　惑星の衝突

数十年ほど前に「二つの惑星が衝突するとき」という題名のＳＦ小説を読んだ。作家の名は忘れた。

世界的に有名な天文学者が地球に接近しつつある巨大惑星を発見する。

地球を直撃することは百パーセント確実だ。

衝突まで残された歳月は余りない。

衝突すれば間違いなく地球は完全に破壊され、人類はもとより、地球上のあらゆる生命は死滅する。

地球はパニック状態に陥る。

地球からそれほど遠くない宇宙空間に存在するある惑星に移住させる他には、人類を救う道はない。

その惑星には水も空気もある……

ロケットと宇宙船の建造も完了し、優生学的に優れた数十組の若い男女の人選も終った。

後は、地球脱出の瞬間を待つばかりだ！

ロケットは宇宙船を搭載して、発射された。

宇宙船の搭乗員は衝突によって地球が粉砕される凄まじい光景を目の当たりにする。

宇宙船はスピードを上げて目標の惑星に近づき、軟着陸にも成功する。

宇宙船のハッチを開けて先ず隊長が船外に出る。

空気がある！

呼吸ができる！

宇宙船に向けて興奮した隊長が激しく手を振る。

これを合図に、全員が一斉に宇宙船を離れる。

「空気だ！　空気だ！」

全員の絶叫はやがて激しい嗚咽に変り、それが突如、耳を聾するばかりの、けたたましい哄笑へと変ってゆく。

一人残らず発狂してしまったのだ！

宇宙船の隊長に、方舟のあのノアのせめて十分の一の慎重さがあったら、と読後、僕は考え込んでしまった。

随想　東京ローズ

一九四四（昭和十九）年二月、僕はＮＨＫの海外放送「ラジオ東京」の英語アナウンサーのテストを受けて、運よくパスした。僕が東京外語の三年生の冬である。

アナウンス技術向上のため、「放送中」のスタジオをよく覗いて歩いた。

ある晩、放送会館の二階にあるスタジオの重い扉を開けると、金の鈴を振るような、美しい女性の声が流れてきた。英国英語とも米国英語とも違うが、淀みのない、ツボを押さえた素晴らしい読みに感動した。言うに言われぬ気品に満ちた、格調の高いニュース放送であった。

ジューン須山芳枝と僕との運命的な出会いである。

ジューンは僕より四つ年上で、一九二〇年生まれ。

四歳のとき、両親とともにカナダのバンクーバーへ移住し、その地で成長した。教育もその地のStrathcoma Public Schoolを経て、High School of Commerceを卒業した。極めて聡明だったらしく、学期試験の頃になると、学友たちがジューンの家に集まり、彼女はいつもその中心的存在であった。須山の名の音がシャム（Siam）に似ているので、友人たちからは“The Queen of Siam”の愛称で呼ばれていた。

ジューンは一九三九（昭和十四）年、十九歳のとき、両親とカナダ生まれの妹の幸子とともに帰国、翌一九四〇年、ラジオ東京の英語アナウンサー試験に応募してパス、ラジオ東京の女性英語アナウンサー第一号として海外放送界にデビューした。

一方、終戦直後に自ら「東京ローズ」と名乗ったアイバ・トグリがラジオ東京の「ゼロ・アワー」に登場したのは一九四三（昭和十八）年十一月である。

この頃放送していた女性アナウンサーはアイバ・トグリをはじめ誰一人として、「東京ローズ」は勿論のこと、自分の名前すら放送で使ってはいない。独りトグリが「ゼロ・アワー」の中で「孤児アン」の名のもとに放送していただけだ。

「ゼロ・アワー」という番組のそもそもの狙いは、南太平洋に展開する連合軍将兵の郷愁を誘い出して、その士気を阻喪させることにあった。この番組を制作せよ、との命を受けたのはオーストラリアのカズンズ少佐ほか二人で、いずれも放送経験のある戦争俘虜であった。カズンズ少佐らは、断れば結果がどうなるか明白だったから、命令には一応従うことにした。彼等の頭の中に、番組の演《や》り方しだいでは、日本の軍部に悟られることなく、その宣伝効果を「無」に等しいものにすることができるという、アナウンサーのプロ意識があったのだろう。

問題は目玉となる音楽番組のアナウンスをどの女性に担当させるかであった。少佐はことごとにジューンを敬遠してきた。彼女の比類ない聡明さと優れたアナウンス技術が少佐を不安にしたと思われる。

そこで、タイピストで、放送にはズブの素人のアイバ・トグリに白羽の矢をたてた。彼女は日本嫌いで、アメリカへの忠誠心が強いので、彼女なら万が一、彼等の意図が悟られても、口外は絶対にしないだろうと考えたからだ。


こうして、カズンズ少佐の指導のもと、DJ「孤児アン」が誕生し、予定通り一九四三年十一月に「ゼロ・アワー」がスタートする。


「東京ローズ」の放送を聴いたという噂はそれより以前に既にあったらしい。一九四二（昭和十七）年に南太平洋の戦場で聴いたという将兵たちの声もある。マッカーサー元帥もその頃、「東京ローズ」を聴いたと日記に書いている。

しかし、アイバ・トグリが登場したのは、それより一年もあとのことだからアイバ・トグリは「東京ローズ」ではなかった。

では、「東京ローズ」は一体誰のことだったのか。

一九四四年四月十日付の米週刊誌がこんなことを書いている。

「東京ローズは本当は誰なのか、確実に知っているものは居ない。彼女の声には教養があり、思いなしかボストン訛がある」


これは何を意味するのだろうか。ボストンの人たちは英国英語に近い英語を話すことで知られている。ジューンの英語がボストン訛があるととられても不思議ではない。

ジューンの放送は、インドの放送局が嘗て、"the golden voice from Tokyo"と惜しみない讃辞を贈ったほど、実に格調高いものであった。「東京ローズ」の名にまこと相応しい。

ダイアナ元皇太子妃の葬儀で、Elton John が彼女のことを"England's rose"と称えたように、バラは女王の風格を備えた花である。いやしくも「東京ローズ」と呼ばれるに相応しいアナウンサーは、高貴な英語を話す人でなければならない。とすると、僕にはジューン須山芳枝以外には考えられない。戦後、アイバ・トグリに会った兵士たちは「東京ローズ」の声とは全く違うと言っている。カズンズ少佐も「東京ローズ裁判」で「東京ローズは須山芳枝だった」と証言している。

戦後、僕がジューンと再会したのは一九四七（昭和二十二）年である。僕たちは再会以来、毎月二十日に夕食をともにすることにした。

一九四九（昭和二十四）年七月二十日、僕はジューンを待った。どうしたことか、約束の時間になってもジューンは姿を現さなかった。こんなことは嘗て一度もなかった。嫌な予感がした。

二、三日して、妹の幸子さんから電話があった。

「去る七月十八日、姉が女友だちと映画を観た帰り、横浜の厚木街道で、泥酔した米軍兵士の運転するトラックにはねられて死亡しました」

僕は絶句した。

僕の敬愛してやまなかったジューン須山芳枝は、戦時中に美しい大輪の花を咲かせ、やっと平和が戻ってきてホッとする間もなく、二十九歳という若さで悲痛極まりない最後を遂げたのである。

冬

媾曳《あいびき》のアダム走らす寒の雷

旧約聖書によると、神の創造した最初の人間はアダムだ。

そのアダムから肋骨をとり出してつくったのが、イヴ……

アダムの妻となる。

二人は「エデンの楽園」で暮らしていたが、蛇に誘惑されて、神の戒めに背き「禁断の木の実」を食べてしまう。そして、エデンの園から追放される羽目になる。

最初に蛇にそそのかされたのはイヴだ。

アダムはイヴにすすめられて「禁断の木の実」を食べている。

女は男よりも肝っ玉が座っている。

事に臨んで平静を保っていられるのは、大抵の場合は女だ。

そこへゆくと男はからっきし意気地がない。

男は蛇を見ただけで怖じ気づく。

女もそうだろうが、その場になると、意外と平気でいられるようだ。

僕の釣仲間の一人が女性をつれて渓流釣りにでかけた。

彼は先にたって沢沿いの径を歩いていた。

ナイトよろしく、か弱き女性を守るという、健気な心掛けで先頭に立ったのである。

ところが、行く手に大きな青大将をみとめた彼は、恐ろしさの余り彼女のことはすっかり忘れて、沢へ飛び降りた。

忽然といなくなった彼の行く手に大きな蛇を見つけた彼女は、呆気にとられて立ち尽くした。

爾来、彼は彼女には頭が上がらないようだ。

大熊手担いで岸田今日子かな

男優では、僕は島田正吾がたまらなく好きだ。

正吾については、

雲の峰くづほれ島田正吾かな

の項で触れた。

女優では、日本的美しさと優しさを兼ね備えた樋口可南子に魅かれる。

といっても、美人にばかり魅かれる訳ではない。世にも不思議な魔女的な魅力を備えた岸田今日子も捨て難い。耳まで裂けるかと思われるような分厚い唇……にも拘らず、凛とした気品を漂わせた役も立派にこなす。

NHKの時代劇では、気品に満ちた老女の役を演じて僕を唸らせた。

世界中で大きな人気をを集めた「ハリー・ポッター」の連作ものを次々に出版したJ・K・ローリングというイギリスの女流作家は、ケルト系の人が圧倒的に多いウェールズで育った。だから、妖精、魔女、魔法の類《たぐい》の話はお手のものだ。

一九六五年、僕はグレート・ブリテン島とアイルランドの中間にあるマン島を取材で訪れた。

ケルト文化圏である。

この島には、魔女の展示館があって、魔女が使ったという道具類、呪文、責め道具などが展示されていた。展示物を観ながら、僕は何故か岸田今日子のことを思い出していた。彼女の容貌が僕に魔女を連想させたからだ。

昨年の十一月の酉の日に下谷の鷲《おおとり》神社を訪れた。縁起物の熊手などを売る露店で底抜けに賑わっていた。大きな熊手を担いでくる痩身の女性に遇った。何故か、大きなホウキに跨がった魔女を連想した。

岸田今日子は二〇〇六（平成十八）年十二月十七日、脳腫瘍による呼吸不全のため、この世を去った。享年七十六歳である。

枯葦や濠の深さとピタゴラス

「ア、、好い心持ちだ〳〵。河岸《かし》通りの居酒屋で、たった二銚子《ちょうし》呑んだのだが、大層酔いが出た。イヤ出る筈でもあろうかえ。先ず今朝家で朝飯に迎え酒で二合飲み、それから角の鰌《どじょう》屋《や》で、熱いところを一寸五合《ごんごう》。そこを出てから蛤《はまぐり》で二合ずつ三本飲み、それから後が雁鍋《がんなべ》に、好い黄肌鮪《きはだ》があったところから、又候《またぞろ》刺身で一升のみ、とんだ無間《むげん》の梅ケ枝だが、ここで三合、かしこで五合、拾い集めて三升ばかり、これじァしまひは源太もどきで、鎧《よろい》を質に置かざァなるめえ、裸になっても酒ばかりは、呑まずにはいられねえ」

「慶安太平記」に登場する丸橋忠弥の名台詞……

いつものように酔った振りをした忠弥が江戸城の濠の深さを探っているところへ、松平伊豆守が通りかかって、忠弥を呼び止めるくだり…… 花道で言うせりふだ。

かなり前のことになるが、山陰のある城を訪ねたとき、濠端に枯葦が四、五本、水面に姿を見せていた。そのとき、ふとこのせりふが頭を掠めた。

水面から出ている部分は三十センチもあっただろうか……　その部分を手許に引き寄せることができれば、ピタゴラスの定理の応用で、濠の深さが判明するかも知れないと、本気で考えた。

いろいろと試行錯誤を巡らして行くうちに、僕にはとても無理なことに気付いて投げ出した。

江戸時代初期には、吉田光由《みつよし》という人物が「塵劫《じんこう》記」を著し、寛永四年に刊行している。当時としては、最高の内容を平易に説明した和算の入門書だったようだ。それに、提起された問題に対して解答を求めるという型式を採ったので、和算は江戸庶民の間に急速に流行して行った。

和算はこうして、方程式論に相当するもの、円周率、曲線図形の面積や曲面に囲まれた立体の体積を求めることなどに独自の発達を遂げたという。

当時の和算のレベルは極めて高く、西洋数学より百数十年前には、既にそのレベルに達していたというから驚く外はない。

和算では「ピタゴラスの定理」は何と呼ばれていたのか、僕の記憶にない。

吟行のなかのひとりが雪女

何年か前の二月……

超結社「欅の会」の面々と池上本願寺へ吟行した、

降りしきる雪の中の探梅だった。

あんなに降られたことはかつて一度もなかった。

僕にはただの一句も湧いてこない。
ほかの連衆は時々立ち止まっては句帳に何か書き込んでいる。

雪はますます激しくなるばかりだ。
僕は焦った。
そして考えた。
連衆の中の誰かが「雪女」に違いない、と。

火山さんも遊馬ちゃんも、実さんも、はたまた、この僕も男だから「雪女」ではない。
とすると、
よし子さんかな……
それとも、郁代さんかな……
いや、妙子さんかも知れないぞ……
ひょっとすると、杏子さんってこともあり得る……
いや待てよ、登子さんも捨て切れないぞ……
三奈ちゃんってことも考えられる……

それとも幸子さんかな……
まてまて、けゐさんだって疑おうと思えば疑える……
入会して間もない悦子さんも怪しいなァ……
思いを巡らせているうちに句会の会場へ行く時間になってしまった！

雪は止む気配がない。

加はれぬ黄泉の団欒雪しまく

苫小牧の姉、岸本セイ子が二〇〇八（平成二十）年九月三日午前五時半に永眠した。
水庭家の生き残りは僕だけになった。

なんとも淋しい。

ついこの間、僕は夢を見た。

吹雪の中を僕は歩いていた。
前方に灯火が見えた。
しまく雪にいい加減凍えていた僕は灯火のあるところへ近寄っていった。

ガラス戸ごしに見えたのは
一家の団欒のようであった。

よく見ると、
それは我が家の団欒であった。
とし子姉もセイ子姉の姿も見える。
長い食卓を囲んで、
母は僕の方を向いて坐っている。
僕に背を向けて父……

食卓の左側に一《はじめ》兄と義信兄、それに正義兄……
その向かいにトシ子姉とセイ子姉……

暖炉には火がアカアカと燃えている。
早く入って、凍えたからだを暖めたい。

僕は仲間入りしたくて、ガラス戸を叩いた。
父以外は僕のいるのが見えるはずだが、だれ一人として振り向かない。
僕がガラス戸を叩く音も聞えないらしい。
僕の必死の呼び掛けにお構いなく、談笑は果てしなく続く。

木枯やのどのかすれしうたうたひ

僕のＮＨＫ定年の日が視野に入ってきた頃、英語教授就任への要請が二つの大学からあった。

一つは岩手県の大学で、北上川の上流に位置する女子の大学だ。渓流釣りに現を抜かしていた僕は二つ返事で受ける所であった。併し、極寒の地だろうから、僕の血圧によくないと、思い直した。

もう一つは、日大歯学部で、所在地はＪＲお茶の水駅の直ぐ側であった。教養課程の生徒たちが相手だから、英文学の授業は望めない。教養程度の英語を教えることになるが、我が家から歩いてもゆける所にあるので、迷うことなく決断した。

教養豊かで、しかも洒脱な学部長から受けた厚遇も嬉しかったし、教授の方々とも直ぐ親しくなった。先生方の多くは歌うことが大好きで、地下にある部屋からは夜な夜な歌声が聞えてきた。

そこは用務員ご夫婦の生活の場で、このご夫婦が極め付きの歌好きであった。カラオケの装置が売り出されると、すぐ飛びついた。先生方もその部屋に繁く通って、歌っていた。僕も再三招かれたが、テレ屋の僕は歌う気にはなれなかった。

その用務員の奥様が急逝して、カラオケ部屋もいつしか寂れてしまった。

いつの日であったか、学部長に連れられて、僕は生まれて始めて祇園のお茶やさんに上がった。特に親しくしていた教授たちと一緒だ。学部長は京都大学医学部の出身だから、祇園には滅法詳しい。遊び方も堂にいっていた。

僕は、こうした遊びとは全く無縁だったから、からっきし意気地がない。

他の教授たちは舞妓や芸妓たちと調子を合わせて適当に遊んでいる。

宴会も佳境に入ってきて、各自が得意の歌をうたうことになった。僕はこうした場所でうたう歌は全くといってよいほど知らない。

他の先生方は結構、場慣れがしていて、粋な歌をうたっている。とうとう僕がうたう番になった。何をうたってよいか判らない。

苦し紛れに「枯葉」を初めからフランス語でうたった。

これが意外なことに、舞妓たちに好評で、絶大な拍手を頂いた。フランス人でもない客が祇園でシャンソンを歌うなんて誰も思ってもみなかったからだろう。祇園でシャンソンなんて余りにも場違いな歌である。穴があったら入りたい気持ちだったが、舞妓たちの拍手で救われた。

歯学部は六十五歳が定年である。僕もいつの間にかその歳になっていた。

英語や生物などの先生方が中心になって、僕を「励ます会」を計画してくれた。有難いことである。

この会に参加する先生方に入口で、僕の下手な俳句が渡された。受取った俳句の内容に合った景品を「会」の終りに差し上げるという趣向である。

「木枯やのどのかすれしうたうたひ」の句をもった先生にはのど飴が景品として渡された。

これが結構好評で、またとない愉しい会であった。

新雪踏んでふんで世之介気取りかな

井原西鶴は、一昼夜のうちに二万三千五百の俳句を詠んだ記録の持ち主だ。

僕なんかは一日に精々一句がいいところだ。

世之介は西鶴作の浮世草子「好色一代男」の主人公だ。

この作品には七歳のときから六十歳までの世之介の好色遍歴が一連の短い説話を配していきいきと綴られている。

話の舞台は主として遊里だが、これを読むと、近世前期の大阪・江戸・京都などにおける恋のさまざまな形態が判る。

女色もあれば、男色もある。

恋愛遍歴ではイタリアの作家、カサノバも有名だが、僕は嘗て「ウォルター、イギリスのカサノバ」という性愛生活を描いた小説を読んだことがある。

男だったら……いや、女でも……

人間である限り誰にでも色欲のあることは否定できまい。

何はともあれ、所謂「艶福家」でない限り、一般的にはそう多くの恋愛遍歴はないのが普通だ。

だが、視覚から想像の世界に入って行けばどうだろう。

必ずしも遊里に身を置かなくても、それは決して不可能なことではないかも知れない。

しかし、たとえ想像の中であっても、それは赦されるものではないように僕には思える。

「汝、姦淫することなかれ」

石蕗《つはぶき》や郵便サンの来る時刻

中本富子さんは輪島市門前町吉浦在住の俳人である。俳号を「富女」という。面識はないが、僕の俳句のよき友人である。二人の娘さんの母親だ。

平成十六年五月、傘寿という人生の節目を迎えるに当って、娘さんたちの勧めで第一句集を世に出した。題して「猿山」という。

僕はこの句集の題を見たとき、失礼だが動物園の「猿山」を連想してしまった。

全くの誤りであった。

能登半島の中ほどに迫り出した小さな「猿山岬」からこの句集のタイトルは採られた。

富女さんはこの猿山岬の灯台の麓にある小さな村落で生まれた。生まれてこの方、この戸数二十足らずの地を一度も離れたことがないという。

旅行雑誌などで「秘境」と謳われている景勝地のこの猿山岬とは一体どんな処なのだろうか。

地図で調べてみた。

あった、あった！

能登半島北西岸の深見と吉浦の間にある岬だ。地図だと、岬と呼ぶには相応しくないような地形だが、急な崖が海に迫っている。冬には日本海の荒波で浪の華が強風を受けて舞い狂い、想像を絶する気象条件の過酷なところに違いない。

近年、町村合併で輪島市に編入される前は、「鳳至郡」に属していた。「鳳至」とは一体何を意味するのだろうか？　普通の鳥は寄せつけない、「おおとり」しか近寄れないところを意味しているのであろうか？

だとすると、崖に取り巻かれた嶮しい難所のような所なのかも知れない。想像を巡らしていると、ある風景が見えて来た。強風に晒された一軒家。木々は葉を落とし、みな陸地の方へ傾いている。狭い坂道が平地の方から続いている。荒海が一望のもとに見渡せる。

ある日、富女さんから一通の手紙が届いた。その最後は走り書きで終っていた。

「…… 郵便さんが来たようなので、この辺で筆を措きます」

日に一度きりの郵便集配人が坂を登って来るバイクの音を聞いたのであろう。

鳶の笛百管《ひゃくかん》稲村ヶ崎冬

冬のことであった。

NHK時代の同僚の新居に招かれた。

場所はなんと稲村ケ崎だ。

いっちょう家褒めと行くか、と張り切って出掛けた。

新居を見て驚いた。

何と、素晴らしい洋式の豪邸である。

四十五平米のちゃちな僕のアパートとは月とスッポンの違いだ。

二階建ての余りにもシャレた家なので、褒め言葉がうまく浮かんで来ない。

同じような給料を貰っていたのに、この違いはどうしたことなのだろうか?

僕は天涯孤独をいいことに、稼いだカネは片っ端から遣ってしまったから、カネの方で逃げて行ってしまったのだろう。併し、神の不公平を詰りたくなる。

柳家小満ん師匠の句ではないが、

小判草あるところにはあるものよ

と、思わず呟きたくなる

豪邸の横手は小高い丘になっていて、樹木が鬱蒼と茂っていた。その上空を夥しい数のトビが悠然と輪を描きながら啼いていた。

ずっと昔のこと……

と、言っても戦後間もなくのことだが、吟行で鎌倉の大仏を訪れた。

そのときも、トビが輪を描いて舞っていたが、これほどの数のトビではなかった。

大仏の裏山には、タイワンリスが我が物顔に跳梁跋扈していた。

友逝くや会津の谿《たに》を吹雪く夜に

私が英国から帰国したのは一九六七（昭和四十二）年の夏の終りである。

十月三十一日、日本武道館で執り行われた元首相吉田茂の国葬の英語実況中継放送を終了すると、直ちに予定通り飛騨高山へクルマを走らせた。

このときのクルマは帰国後、直ぐ購入したトヨタであった。そして、この旅では車体の低いトヨタでは、悪路の多い渓流釣りには向かないことを思い知らされ、直ちに手放した。

丁度この頃、スバルが四輪駆動のクルマを発表した。私は、迷うことなくこのクルマに飛びついた。車体の色は艶のないダーク・グリーンの余りパットしないものだったが、珍しさもあって、行く先々のガソリン・スタンドでは人集《ひとだか》りがした。

このクルマにはフロアにギアが二つあった。一つは普通走行用のもので、もう一つは四輪駆動への切り替えギアであった。運転が愉しくて仕方なかった。

しかし、このクルマが果して、四輪駆動の真価を発揮できるかどうか、未知数であった。

一九七四（昭和四十九）年、ハワイ生れの友人が脳溢血で倒れた。私の海釣りの師である。手釣りに長け、同じ手繰る動作をしながら、釣糸は繰り出されたり、繰り入れられたりする。正に神業であった。

ハワイ生れだから渓流釣りは殆どやらないと言ってよい。逆に私は渓流釣り一辺倒で、海釣りは誘われれば行くといった程度だ。彼とはヘラ釣りには良く出掛けた。

ジョージ金一八塩というのが彼の名である。日系二世だ。彼を知ったのは娘さんのグレース和恵八塩さんを通じてである。

金一さんは当時、奥さんとともに毛バリを巻く商売をしていた。私はパパ・ママとお呼びして、特に親しくして頂いた。それで、私はその仕事場を訪ねる機会が多くなった。マラソンの瀬古選手のコーチだった中村清もよく訪れていたから、いつか顔見知りになった。

パパはいける口で、同じようにいける口の私はよく一緒に飲んだ。彼は「沢の鶴」党であったから、私も自然「沢の鶴」党になった。よく飲み、些細な釣りのことで、よく口喧嘩もした。

ママは料理が上手で、私は毎晩のようにご馳走になった。ママは誰にも分け隔てなく振舞うから、夜の食卓はいつも賑やかで、和気藹々とした雰囲気に満ちていた。

パパは七十四歳のとき、尿道結石を発症し、強烈な痛みに襲われた。

そんなとき、私は竹馬の友の一家と会津へ釣りに行く約束をしていた。パパのお許しが出たので、愛車のスバル四輪駆動車で出掛けた。須賀川経由で、谿《たに》を幾つも越えて、目的地の温泉旅館に無事着いた。天気もよくて実に快適なドライブであった。

夕食を済ませて、寝床に即いた。

午後十一時頃、私は起された。東京から電話で、パパの危篤を知らされた。

私は東京へ帰ることを決断した。連れの一家も帰るというので、支度をして外に出て驚いた。一面の銀世界である。愛車のタイヤも三十センチほど雪に埋もれていた。

この四輪駆動車で雪の中を運転するのは初めての経験なので、些か不安であった。

が、その不安は杞憂であった。幾つかの新雪の谿を滑ることなく無事に越した。

竹馬の友の一家を浦和で降ろして、東京の牛込に着いたのは、午前四時を回っていた。

パパの死に目には間に合わなかった。

無念であった。

葬儀の日、僕のスバルの四輪駆動車がご遺族を火葬場までお運びし、帰りにはパパの遺骨をご自宅までお乗せした。

ナースベル放さず百寿媼の冬

二〇〇三（平成十三）年十一月二十三日の未明、僕の四十年来の親友、八塩グレース和恵さんの母親が百三歳と四ヵ月の生涯を閉じた。

明治・大正・昭和・平成の四時代を生き抜いた。大往生である。

名前は八塩よし……

結婚前の名を櫻井よしといった。

一八九八（明治三十一）年の七月十七日に茨城県は金江津《かなえつ》という、利根川沿いの寒村に呱々の声をあげた。

長じるに及んで、看護婦になる夢を膨らませた。が、よしの両親はこれに反対した。

しかし、兄弟からの掩護射撃もあって、両親の許しを得た。

そこで、彼女は東京帝国大学（東京大学の前身）の附属病院分院を受験し、見事に合格した。

卒業すると直ぐハワイの日本人病院の募集に応じて受験して採用された。

そして、このうら若き乙女は単身、太平洋を渡ったのだ。

英語のエの字も知らなかったから、滅法心細かったに違いない。

今は、「クアキニ・メディカル・センター」というそうだが、この日本人病院で彼女は生涯の良き伴侶と巡り会い、結婚して一男三女の母親となった。

茨城の両親に子供を見せに来日したが、運悪く太平洋戦争が勃発し、ご主人とは太平洋を隔てて離ればなれとなった。

こうして彼女は、四人の子供を抱えて並々ならぬ苦労を味わった。

戦後、一家は東京で再会し、親子水入らずの楽しい生活が戻った。

よしさんは戦争中次女に病死され、戦後かなりしてからご主人を、そして更に、一人息子にも先立たれた。

二〇〇一（平成十三）年七月十七日、八塩よしは百三歳の誕生日を迎えた。

歳が歳だから、多少肉体的に不便はあったに違いないが、朝刊は毎日欠かさず隅からすみまで読んでいたという……

ボケの兆候など全くなかった。

ところが、十一月にひいた風邪がもとで、肺炎を発症し、近くの東京女子医大に緊急入院した。一回目の入院は何とか切り抜けたが、二度目の入院では食は細るばかりで、栄養を点滴に頼らざるを得なくなった。

何しろ百三歳という高齢だから、血管はぼろぼろになっていたのであろう……　点滴で注入した栄養もクスリも血管から漏れ、手足が紫色に腫れ上がって、見るも気の毒であった。

百寿媼の長女のグレース和恵さんは当時アメリカ大使館に勤めていたが、毎朝出勤前に病院へ寄り、母親の食事の手伝いをした。勤務が終ると、再び病院に立ち寄って夕食の手伝いをした。

さぞ、お疲れだったことだろう。

女子医大病院は、僕の家からも、また僕の通っている病院からもバスの便がよかったので、僕も毎日のようにママをお見舞いした。紫色に腫れた手足をさすると、気持ち良さそうにスヤスヤと軽いイビキを立てて寝入った。時々、腫れた手を動かすので、さすってあげると、何かを捜しているように見える。

気がつくとナースベルが彼女の手から放れているので、しっかり握らせてやると、安心したのか、またスヤスヤとねた。

告別式の挨拶で和恵さんはマイクを握ったまま絶句して、一言も話さなかった。

普段、理路整然と話す彼女からは想像できないことであった。

僕の胸には和恵さんの深い哀しみがじーんと伝わってきた。

のどぼとけ褒められてゐる神の留守

僕が若い頃、僕の所属している職場に三人の優れた後輩がいた。僕は彼等こそ将来、その職場を背負って立ってゆく男たちだと確信していた。僕の考えたその職場の三羽烏である。然し、僕はまだ管理職ではなかったから、そう思ってもどうしようもない。

実名を出すわけにゆかないので、仮にA君、B君、そしてC君とする。A君とB君はいずれも東大の法科の出身、C君は私大の卒業である。

一番初めに管理職に昇進したのは、私大出身のC君であった。B君はこれに少し遅れて管理職になったが、A君は入局時、日本国籍ではなかったので、取得するまでの一年間は嘱託の身分を余儀なくされた。それに学生時代の思想的ハンデもあった。

イギリスから帰って間もなく僕はA君の所属する部署の部長になった。彼を管理職に推挙しようと考えたが、そのためには、彼に昔の思想的傾向がないことを上層部に納得させることが必要条件であった。

ある年の忘年会のあと、数人の部員と労務担当の家へ行って更に飲んだ。そして、その家で一同は雑魚寝した。僕は意識してA君の隣に寝た。そして翌朝、うっかり間違えた振りをして、彼の大学ノートを持ち帰って、悪いとは知りながら読んだ。

完全に白ではなかったが、上層部には彼に不利にならない程度に上申した。これが効を奏したわけではなかったが、たまたまその年に組合員管理職という制度が発足して、曲がりなりにも彼は管理職になった。

三君と僕はそれぞれ違った年に定年を迎えた。Ｂ君は既に病死していた。

定年後も、Ａ君とＣ君と僕とは毎月一度は必ず思い出深い新橋の烏森で飲んだ。それは二十年以上も続いたろうか。お互いに高齢になって来て、月一回が隔月の会合になった。それでもなおかつ会合は続いた。

ある約束の夜、僕は新橋駅前ビルのトイレでA君に出会った。そのとき、彼の顔色が心なしか冴えなかった。ぼくは心配になった。然し、彼は三人揃うと、普段と少しも変わらぬ元気さで僕らに接した。彼は骨格も頑丈で、いつも大股で、大手を振って闊歩するのが彼の常の姿であった。そのときもそうだったから、僕は杞憂だと思った。然し、その杞憂は的中した。

平成十六年の三月、彼は胃ガンで胃を全部摘出した。ガンは肝臓にも転移していたらしい。然し、四月には彼の提案で、これまでの隔月の会合を再開した。

会場が彼の提案で新橋から渋谷に移った。交す話は相変わらず世界情勢、政治、ＮＨＫの人間模様のことなどなどであった。飲み屋での彼のグラスの中身はいつも殆ど減らなかった。あれだけすっていた煙草もきっぱりとやめていた。

六月にハチ公の前であった時、彼は持っていた新聞紙を紙袋《かんぶくろ》からとりだして言った。

「水さん、僕はこの新聞紙を道路に敷いて横になりたくなるぐらい､歩くのが辛くなるんだよ！」

そうだったのか！　彼の家は祐天寺だから、渋谷の方が新橋よりずっと近い。それに気がつかなかったとは、何と迂闊だったのだろう。すまないことをしたと思ったが、後の祭りだ。

次に会う予定の八月某日、彼から電話で、

「悪いけど、十月に延期してもらいたい」

と、申し出があった。

僕とC君は最悪を覚悟した。会合は一応、十月六日に決めた。

奇しくも、その十月六日の朝、A君の奥様から電話があって、その早朝、彼が絶命したことを知った。

僕は絶句した。

彼の遺志により、ごく親しいものだけで遺体を荼毘に付した。

喉仏が実に立派であった。

太棹のじょんから地吹雪呼んでこい

最近猛烈な勢いで流行りだした「津軽じょんから節」を聴くと、僕の胸は早鐘を打ってくる。津軽地方の民謡で、酒盛の唄だという。リズミカルな唄もいいが、津軽三味線の激しくかつ繊細な音色と旋律に独特な迫力があって僕の心に迫ってくる。

その迫力たるや、まるで津軽の激しいブリザードを呼び込まんばかりの力強さである。

津軽は昔「東日流」と書いた。太古から亡命者の坩《る》堝《つぼ》として知られている。

先住民は「阿蘇部《あそべ》族」と言ったそうだ。

そこへ、中国の殷などから亡命者がやってきて、「津保化《つぼけ》族」を名乗った。そして、阿蘇部族は岩木山の辺りに追われ、津保化族は海浜地帯に住んだ。こうして、お互いに住み分けて、暫くは平穏であったようだ。
そこへ、「東日流外三郡史」によると、神武天皇東征のとき、抗戦して敗れた長髄彦《ながすねひこ》とその兄の安日《あび》彦がこの地へ亡命し、津保化族と合体して、荒吐《あらはばき》族となったという。

荒吐族は阿蘇部族としばしば戦を繰返した。

岩木山の大噴火で阿蘇部族が全滅すると、荒吐族は共同して、一つの大きな王国を創った。それは、大和朝廷にも匹敵するような制度や文化を持っていたといわれる。

だから、僕は津軽じょんから節には、東日流人の誇りと勇壮さを感じる。

実際に、大和奪還を試みたというからその執念とエネルギーに感動する。

冬三日月ときどき耳環欲しくなる

僕が外語に入学したのは太平洋戦争が勃発する一九四一（昭和一六）年四月である。

この頃の外語は皇居近くの竹橋にあった。

校舎は兵舎のようなお粗末なものであったが、他に類を見ない素晴らしい環境にあった。和気清麻呂の銅像は歩いて僅かの距離にあった。昼休みにはその銅像の周りに学友たちが集まって英語論議を展開した。

有名な外語の「語劇祭」は少し前に廃止されていた。戦雲急を告げる中で、派手な「語劇祭」は経費の上からも自粛を余儀なくされたのだ。

演劇の好きだった僕は堪らなく無念であった。

外語の二年生のとき、和気清麻呂の銅像の周りで同好の士が話し合った。

共立講堂など外部の場所を使わずに、校舎の講堂を使うなどして、せめて「英語劇」を復活させようということに意見が一致した。

学校側に申し入れたら、快く許可してくれた。

僕らは雀踊りして喜んだ。

そのとき選んだ劇はW.W.Jacobsの'The Monkey's Paw'であった。僕の役はミセス・ホワイトで、初めての女役だ。ハイヒールにはてこずったが、結構、女役を演じるのが愉しくてならなかった。耳環が気に入った。

亭主役のミスター・ホワイトが一年先輩の安田哲夫で、僕より小柄だったから背を低く見せるのには苦労した。

しかし、全員が演劇志向だから、実に愉しく演じおえた。御招待した先生方は非常に喜んで、僕たちの労を犒《ねぎら》ってくれた。

いつの日であったか、超結社の「欅の会」の連衆と那須へ吟行した。一泊の旅であった。


「握手」の糸大八も同行してくれた。寒い冬の吟行であった。

普通の句会の外に「競馬俳句」などで打ち興じた。

その頃の僕は、独りでないと眠れないので、勝手を言って、一部屋を別に用意してもらった。大き過ぎるような部屋であった。

寒さと昼間の句会の興奮も残っていたためか、なかなか寝つかれなかった。

女役を演じたあの学生時代のことが懐かしく思い出された。

この夜、
ビーナスに腕《かひな》のありき凍豆腐《しみどうふ》
ができた。

虎落笛《もがりぶえ》妣《はは》に背きて夜爪剪る

僕の母は栃木の没落一族の「豊田家」の長女に生まれた。名はシン。

幼くして奉公に出され、並々ならぬ苦労を味わったようだ。

男の子を連れて、父と再婚した。

子はなかったが、父も再婚であった。

僕はその両親の末子として一九二四（大正十三）年三月二十一日に生まれた。

「恥かきっ子」だっただけに、僕は母の愛を一身に受けて育った。

しかし、母の愛は決して「猫かわいがり」ではなかった。

僕は「いたずら坊主」で、しかも「やんちゃ坊主」だったから、母は随分と苦労したと思う。

僕が悪さをするたびに、母は何故か、

「そんなことばかりしていると、足尾銅山へやっちゃうよ！」

と僕をたしなめた。

「先生に言い付けるよ」とか「お巡りさんに言うよ」などとは決して言わなかった。

母には、出身地の栃木で起きた悲惨な事件が頭にこびりついていたのだろう。

僕は何にも判らないくせに、何だかとても悲しくて怖かった。

だから、罰として台所の柱に縛り付けられた僕は声を張り上げて泣いた。

が、母は決して手を上げなかった。

母からぶたれた記憶は僕には全くない。

母は僕を寝かしつけるとき、「葛の葉」の悲しい物語や、「江戸小咄」をしてくれた。

僕が長じて落語が好きになったのは母のお陰だろう。

母はまた、いろいろな注意を与えてくれた。

僕が食べたあと直ぐ横になると、

「牛になってしまうよ」

とか、夜、爪を剪ろうとすると、

「爪が黒くなるよ」

などと注意した。

僕は今でも時々思い出す。

僕はそれを本気になって守ってきた。

ある夜、伸びた爪が靴下に引っ掛かった。

僕は、母の教えに逆らって爪を剪った。

勿論、爪が黒くなるとは思っていなかったが……

最近、僕は父母の五十回忌の法要を営んだ。

末っ子としての務めを果たせて、無上の悦びを味わっている。

夕しぐれ僧一斉にそば啜る

名前は忘れたが、三島のある禅寺で修行している青い眼のアメリカ人のことを新聞で読んだ。

早速、詳しい情報を蒐めて、十五分番組を提案して、許可された。禅寺の名称をど忘れしたのは如何にも残念だが、あの時の体験は忘れることができない。

余りにも強烈だったからだ。

そのアメリカ人についても、背が高くて、知的な顔をしていた以外は、名前すら憶えていない。

大学で禅の研究で名高い鈴木大拙の著作に触れ、禅を体験しようと考えたという。

座禅を組む白人などは当時は極めて珍しい存在だったから僕の興味を誘ったのだろう。

彼の物静かな語り口には禅僧の迫力は感じられなかった。

警策の音も、打たれて頭を垂れる青い目の僧の姿も憶えている。

それよりも強烈な印象を僕に与えたのは、夕食の時の光景であり、その時の凄まじい音である。

五十人はいただろうか……

僧侶たちが向き合って長い食卓に並んで坐った。彼らの前にはソバが置かれていた。最高の馳走だと言う。

一人の僧の合図で、僧侶たちが一斉に箸をとり、ソバを啜り出した。

耳を劈《つんざ》くかと思われるような凄まじい音が忽ち堂内に満ち溢れた。

十年程前、友人の案内で四国の「轟きの滝」に立ったとき、ふとこの時の凄まじい音を思い起こした。

雪国の碧落《へらく》といふ胸騒ぎ

僕は雪国に住んだことがないから判らないが、雪国の人々には、冬に雪が降ることは極く当り前のことなのだ。

小春日和の日にクモたちが糸壺から出す自分の糸に

乗って空を移動するという、あの幻想的な現象「雪迎え」を目の当たりにすると、雪国の人たちは過酷な雪の到来の近いことを知る。

そして、僕たちの想像を絶する厳しい冬に対して、雪害から身を守る準備に取りかかる。

どんよりと低くたれ込めた雪雲が雪を降らせてくれる。

その雲が絶えず頭上にあれば、雪国の人々は安堵するのだそうだ。

僕たち東京もんには想像もできない。

たまに降る美しい雪は僕たちを嬉々とさせてくれる。

ところが、雪国の人たちには、雪は僕らが想像する以上に「厄介もの」なのだ。

交通は遮断されるし、過酷な雪下ろし作業も絶対に怠ってはならない。

その作業で、命を落とす人も少なくない。

とはいえ、その「厄介もの」が降らないで、晴天ばかり続けばどうなるだろうか。

雪国の人たちは逆に不安な気持ちにかられると言うのだ。

都会育ちのボクにも、なにか判るような気がする。

雪晴やそこひの空にメス入れて

「そこひ」とは、黒内障、白内障、緑内障など眼球内の疾病の総称である。

最も普通なのは白内障であろう。

白内障は主として老人性のものが多い。

眼の水晶体が白濁する病気だ。

先天性のもの、糖尿病が原因で起こるもの、外傷性のもの、などいろいろあると聞いている。

「青そこひ」、「黒そこひ」などに対して「白そこひ」ともいう。

　ボクの四十年来の友人が、白内障の手術を受けた。

　彼女は毎日、職場へ自動車で通勤しているが、前々から標識などが見えにくいと訴えていた。

　眼科で診てもらったところ、白内障と判明し、早速手術を受けた。

　両眼を同時に手術することは出来ないようで、手術は二度にわたって行われた。

　僅か二泊三日の入院が二回ですんだ。

　昔はもっと長い間入院しなければならなかったように記憶しているが、医学の進歩は目覚ましい。

　手術後の感想を尋ねたら、

「世の中ってこんなに明るかったのねェ！」

という答えが返って来た。

眼では、ボクは少し風変わりな眼病を患ったことがある。

　右眼によくウミが出て困った。

　パソコンのやり過ぎで、眼が疲労しているためとばかり思っていた。

　近所の眼科医に診てもらったら、慢性結膜炎だという。

　点眼を続けてもなかなか快くならない。

　国立医療センターの眼科で診てもらったら、「涙小管炎」という病気で、涙腺に沿って、微小なフジツボ状のものが密生する眼病のようだ。

　診断した女医さんは女子医大出身で、谷治尚子先生。

　研究室の教授から聞かされていたので「涙小管炎」だと思ったという。

　初めは、悪性なものを疑ったらしいが、自ら検査に立ちあって下さった。

どんな検査だったか忘れたが、幸いなことに良性なものと判明し、直ちに手術して、そのフジツボ状のものをガリガリと、すべて取り除いてくれた。

少し荒療治だったが、それからは、年来悩まされ続けたウミは全く消え失せて今日に至っている。

この女医さんに遭わなかったら、今でもウミに悩まされていただろう。

雪二つ都大路にみちのくに

今年の二月だった。

太平洋側に雪が降った。

東京の雪は僕の子供の頃に較べれば大したことはなかったが、それでも交通は麻痺状態……

地下鉄でやっと半蔵門駅に辿り着いた。

三番町の我が家まで、歩いて六、七分程度だが、袖《そで》摺坂《すりざか》の歩道が緩い登りで、しかも車道側に傾斜しているから、普段でも歩き辛い。

そこへ僅かな雪でも積もると、夜道は特に滑りやすくなって、極めて危険である。

とは言っても、少し注意を払えば、大事に至らない。

そこへ行くと、みちのくの雪はそんな生易しいものではない。

僕は一度だけ、雪国の地吹雪を経験したことがある。

われわれ都会人の想像を絶するものであった。

日本大学の歯学部で教鞭を執っていたころだから、もう何年も前のことになる。

冬、数人の先生方と蔵王を訪れた。

頂上は深い雪に覆われていたが、われわれが着いたときは雪は降っていなかった。

半ば雪に埋もれた大きな石地蔵のところまで、頂きの小屋から歩いて行った。

難無く行き着いたが、帰途、突如として、濃いキリが発生した。

あっという間に、雪に変わった。

地吹雪である。

雪は下の方から猛烈な勢いで舞い上がってくる。

小屋までは十メートルもない。

いくら踏ん張って前へ進もうとしても、一歩も進めない。

それに、雪は下から舞い上がってくるから、眼鏡を掛けている僕は、雪がレンズに付着して、全く前が見えない。

気温は恐らく零下十数度……

いや、それよりもずっと低かったかも知れない。

正直言って、高血圧の僕はもう一巻の終わりかと、観念した。

若い先生方が僕の両脇へ来て、両腕をとって、僕を支えてくれた。

やっと、目の前の小屋に着いたとき、僕は娑婆に戻れた喜びを感じた。

先生方のお陰である。

雪の降り方にも、二通りも三通りもあるようだ。

湯豆腐の四角四面がくつくつと

「擬音・擬態語辞典」の編集をやっていたころ、購読会員として、金子兜太先生の「海程」に二、三ヶ月の間、身を置いたことがある。

東京句会は新宿で行なわれていた。僕も何度か出席した。

その頃の僕は「月の山雨釣」という俳号も使っていた。

参加者百人以上の大句会で極めて盛大であった。

一人一句の投句だが、百を越える句に目を通すのは、簡単ではない。現代俳句には縁が遠かった僕には、読む句の全てがチンプンカンプンであった。それだけに新鮮でもあった。

ある日、兜太先生は待てども待てども姿を現さなかった。一同は痺れをきらしていた。

そこへ遅参の兜太先生が

「すまん！すまん！」

と言いながら勢い良く駆け込んできて、いきなり嚔《くしゃみ》を十ほど立続けに吐き出した。

句会は笑いに包まれて、和やかな空気が生まれた。

選句用紙の提出が終って、僕はトイレにたった。右側の一つが空いていたので、その前にたって放尿の準備に入った。

見ると、横にいるのは兜太先生だ。

図らずも二人で砲列を並べた。

左にいる僕を認めて、兜太先生が

「雨釣さん、海程の同人になりませんか？」

「え？」

と、驚いた僕は我が耳を疑った。

「大変有難いのですが、僕にはその技量もありませんし、同人になるべく、沢山の会員の方々が営々と努力を続けられておられることを考えると、とてもお受けするわけにはいきません」
と、鄭重にお断りした。

兜太先生は、私の拙い句

　サタンとてもとは天使やすぎなのこ

を次号の「海程」に新人賞候補作品として、掲載して下さった。

不思議なことに、兜太先生とは、その後も新宿の街中でよくお遇いした。

流氷や国後島は陸続き

二〇一〇（平成二十二）年十一月一日午前十時頃、僕はＮＨＫの国会中継を観ていた。

突然、画面の上部に「速報」の文字がテロップで出て、「ロシアのメドベージェフ大統領が国後島を訪問した」という、信じ難いニュースが報じられた。日本政府が再三にわたり、中止を要請していたにも拘らずである。

プーチン首相の抜け目ない顔に較べて、幾分お人のよさそうなメドベージェフ大統領の顔が浮かんだ。

一年後にくる大統領選挙を睨んでの訪問なのであろうか……？

それにしても、日本は見くびられたものだ！

尖閣諸島の近海で発生した中国漁船衝突事件と無関係ではあるまい。この事件では、日本政府は船長を釈放している。

船長は帰国して国民的英雄のように迎えられている。

素人目には中国政府のやらせのように映ってならない。そのせいか、中国の温家宝首相の頬が心なしか時々引きつるように見えた。

この日本政府の弱腰外交が引き金になって、ロシア大統領の国後島訪問に拍車がかけられたのかも知れない。

マンモスのような巨大な国土を持つ二つの大国が何故、他の国の固有の領土を欲しがるのだろうか。不思議でならない。

中国は巨大な沙漠地帯をかかえている。ロシアの国土の大半は、気象条件の極めて過酷な巨大ツンドラ地帯だ。

吉村昭の「大黒屋光太夫」を読めば、その筆舌に尽し難い過酷さがよく理解できる。それと比べれば、北方領土は正に天国と言えよう。ロシアが不凍の旅順港に執念を燃やしたのもむべなるかなである。

ロシア(旧ソ連)は、一九四五年、当時有効だった日ソ中立条約を無視して、満州を侵略し、千島列島へも侵攻して、北方四島を不法占拠した。

サンフランシスコ平和条約で、日本は千島列島は放棄したものの、北方領土は含まれていない。

北方領土は日本の固有の領土である。

菅首相は「ロシア大統領の国後島訪問は遺憾だ」というが、そんな生易しいことではイカンのだ。

僕はまだ一度も見たことがないが、北海道オホーツク海沿岸の流氷は有名である。

「流氷」という季語は、樺太で少年時代を過ごした山口誓子が大正の末期に、

流氷や宗谷の門波《となみ》荒れやまず　　山口誓子

と詠んで、一躍有名になった。

烈震激震烈震激震やがて冬

二〇〇四（平成十六）年十月二十三日午後、僕は世田谷区上用賀の友人のお宅で心づくしの夕食を頂いていた。

五時五十六分、僕は突き上げるような激しい震動を感じた。テレビの画面にテロップが出るのを待った。マグニチュード6・8の直下型地震が新潟県中越地方を襲ったのだ。

僕の住む千代田区でも震度4だったらしい。最大震度は阪神・淡路大震災以来となる7を観測したという。

時間が経つにつれて被害の大きさが刻々と判明して来た。

上越新幹線が立往生した。

関越自動車道も不通になった。

不通になったその他の幹線道路も数多い。

長岡、小千谷、川口町、長岡市と合併した旧山古志《やまこし》村の山間部では道路、公共施設、学校などが倒壊し、その被害の大きさは目を覆う。

ある交通信号のところで、この地震に遇った通行人がよろめき歩くさまがテレビの画面に映し出されたが、まるで影絵を見ているようで、今でも忘れられない。

ＪＲ上越線の榎トンネル付近では、土砂が崩落して道路を塞いだ。

親子三人を乗せた自家用車が一台、崩落した岩に閉じ込められた。

全員絶望視されたが、大きな岩の側で小さな命が息づいていた。閉じ込められてから四日目であった。

オレンジ色の服を纏った緊急救助隊が現場に急行し

た。僅かに開いた岩石の前から下の道路まで、救助隊員が列をなして救出の態勢に入った。

テレビの画面に釘付けになった僕らの目は大きな岩石の裂目に注がれた。

カメラが裂け目にズーム・インした。

オレンジ色の服が屈み込んだ。

こちらを向いた！

その腕には幼い命がしっかりと抱かれている！。

思わず歓声が挙がった。

だらりとした二本の幼い脚……

振り向いた細い頸にも幼い顔にも命の光が輝いている。

オレンジ色の衣服を纏った逞しい腕から腕へと幼い命がリレーされて行く。

誰の口からも溜息が洩れた。

奇跡的に救出されたのは皆川優太君、三歳だった。

豪雪地帯の被災地にやがて厳しい冬が訪れる。

随想　雪迎え

山形県の米沢盆地などでは、小春日和に、蜘蛛が自分の糸に乗って空中を移動する不思議な現象が見られるそうだ。

これを土地の人々は「雪迎え」と呼んでいる。

一般には「小春日和」というが、「小春」、または「小六月」ごろの暖かい日和をいう。何れも冬の季語だ。

小春日和の英訳の「インディアン・サマー」とは違う。

こちらは、正確には乾燥した暖かい「秋」の日和をいう。

山形新聞社編「やまがた歳時記」によると、「雪迎え」は十月半ばから十二月半ばまでの数少ない快晴無風の日に見られる現象で、田圃や原野に生息する無数の小さな蜘蛛が、草や杭などの尖端に登って、お尻の糸壺から一斉に糸をふき出す。糸がのびると、蜘蛛は脚をはなし、その糸に曳かれて青空に吸い込まれてゆく。

聞くからに神秘的なこの光景は、それを目の当たりにした土地の人たちの心を奪わずにおかなかったであろうことは想像に難くない。

この現象が終ると、厳しい雪の季節がやってくる。蜘蛛は雪を迎えにゆく使者だ、と土地の人たちが想像したとしても不思議はない。あの神秘的な美しい季語「雪迎え」の誕生である。

この現象は、気象条件さえ合えば、日本のどこにでも起こりうるだろうと想像していたら、大津の女流俳人の柿本多映さんから、大津でも子供の頃に空を移動する蜘蛛を見たことがある、というお便りを頂いた。

欧米でも、この現象はほぼ同じ時期に見られ、英語圏ではgossamerと呼ばれて、シェイクスピア、ワーズワース、コウルリッヂなどの詩に古くから読まれている。

このgossamerは、中世英語のgossomer、つまりgoose summerが転化したもので、この季節、雁が盛んに渡ってきたことに由来するらしい。さしづめ「雁日和」とでも訳したいところだが、欧米の詩歌に現れるgossamerの訳語としては不適切だ。と言うのも、「蜘蛛の糸」の意味合いでとらえられている場合が多いからである。

例えば「ロミオとジュリエット」では、第二幕第六場の終り近くに、ジュリエットとともにこの言葉が登場して来る。修道士のロレンスが、ジュリエットの姿を見かけて、

「恋するものは漂う蜘蛛の糸に跨がるとも落ちはせぬ」

と恋心の軽さを説くが、「雪迎え」の持つ詩的情緒は感じられない。

アメリカの作詞家、コウル・ポーターは、

「蜘蛛の糸の　翼に乗って
　月の世界へ　　旅に出る」

と、詠って幻想の世界を創りだした。「雪迎え」と、どこか通い合うところがあって、思わず嬉しくなる。

随想　交通事故

一九六六（昭和四十一）年一月十六日の朝早く、僕はロンドンの道をBBCの海外放送会館のブッシュ・ハウスへとクルマを走らせていた。助手席には、昨夜、ホステルの門限が過ぎたため、僕の下宿に泊った同僚の矢口君がいる。その日、彼は夜勤だが、ホステルへ戻ると言うので僕が送ることにした。

まだ、朝早いので交通は殆どない。快調な運転が続いていた。

僕は矢口君に、一時帰国した日本で見聞したことどもを夢中になって話していた。長旅から帰ったばかりで、いささか昂奮気味だったのかも知れない。

バッキンガム宮殿近くの交差点に入ったとき、信号は黄色から赤に変った。既に交差点に入っていたので、僕はそのまま直進した。

と、そのとき、右手から真っ赤なスポーツカーが、猛烈なスピードでこちらへ向ってくるのが眼に入った。次の瞬間、凄まじい衝突音と腰への強烈な衝撃！

助手席の矢口君のことが先ず心配になった。衝突の衝撃で、彼の眼鏡がすっとんだらしいが、余りにも突然のことだったので、彼はきょとんとしていた。左瞼と前頭部をガラスの破片で切ったようだ。血が滲んでいるが、幸いなことに軽少ですんだようだ。ほっとした。

ややあって、僕は自分の眼鏡が何処にもないのに気がついた。不思議と精神的ショックはない。

前を見ると、フロントグラスは外部にとびでた枠だけを残して、消えていた。僕の横のドアはめり込んでいて動かない。

助手席のドアは安全地帯に乗り上げて、凹んでいる。

クルマのエンジンが動いているのに気がついた僕は、直ちにエンジンのスイッチを切った。

赤いスポーツカーから若者が出てきて、

「私は医者ですが、何かお役にたてますか？」

と声をかけてくれた。

僕は礼を言った。

あの安全地帯がなかったら、僕のクルマは凄まじい衝撃で二転三転していたろう。矢口君も僕も即死していたかもしれない。背筋に冷たいものが走った。


ヘルメットをかぶった警官が大急ぎで、こちらのクルマの方へ駆けつけてくるのが眼に入った。

「アッ、下半身が動かない！」

僕は思わず叫んだ。痛みはないが、僕の右脚も足の指先も動かない。

やがて救急車が到着した。僕は担架に乗せられ、矢口君も医者もセント・ジョージ病院へ搬送された。精密検査で、二人には異常がないことが判った。


レントゲン検査の結果、僕の骨盤に亀裂が見つかり、直ちに入院となった。

リハビリと寝たきりの日が何日も続いた。

紫の風車

病室の椅子に坐って
向かいの窓を見ている

虚ろな眼だ
頭の中には何もない
時々　聞こえてくる
臨床講義の声
学生たちの笑い声
夢のように
遠くて虚ろで平和だ

時間よ　この一瞬
おまえの歩みを止めておくれ！
ジーンと眼が重い
リハビリからの疲れか…
快い疲れだ！
このままでずっといたい

眼を閉じる
淡い紫の風車が　二つ三つ
暗黒の中を回る　回る　回る

やがて…
それが　一つの点になる
と思うと　また広がって
回る　回る　回る…
やがて　それがぼんやりしてきて
一つの映像を結ぶ

妣《はは》がにこやかに微笑んでいる

随想　詩と散文と

俳諧的手法による三好達治の詩の頂点を示す作品と言われるものに、
　太郎を眠らせ、太郎の屋根に雪ふりつむ。
次郎を眠らせ、次郎の屋根に雪ふりつむ。

がある。

これについて、ある新聞に掲載された一文を思いだす。筆者の名は迂《う》闊《かつ》にも忘れたが、内容は今でも鮮明に覚えている。

どこかの高校の国語の授業で、この詩の意味の説明を求められた生徒が、南極の二匹の犬と結びつけて解説した。担当の先生はその解釈は間違っていると決めつけた。そう決めつけるのは誤りだ、とこの筆者は言っていた。

僕もその通りだと思う。詩は散文ではないから、読む人によってさまざまな解釈があっていい。いや、そうなくてはならない。

日本の民話風な情景をマザマザと描き出した、この「雪」という二行詩に登場する太郎と次郎は、極くありふれた日本の男の子たちであろう。

この男の子たちは別々の家に住んでいると考えると、しんしんと降り続く雪に埋もれてゆく山あいの寒村が目に浮んで来て、趣が深い。

この高校生のように、南極の犬の太郎や次郎に結びつけて思い巡らすと、あの広漠たる白い大陸が目に浮んで来て、全く別の世界が広がってくる。まことに愉しいではないか。

それは、達治が心に抱いた世界とは違うかも知れない。しかし、それでいいと、僕は思う。それなのに、それをむげに誤りだとして退けては、折角の若者の新鮮な想像力や豊かな感性を摘みとる結果になりはしないだろうか。

新年

賀状

毎年の賀状はその当時の僕の関心事、活動状況や健康状態を反映していて、添えた俳句とともに結構懐かしい。

▼一九九七（平成九）年元旦

教師商売さらりと辞めて
天下晴れての素浪人
これぞ物怪《もっけ》の幸いと
京よ奈良よ　はた出雲
脱ぐいとまなき旅衣
かてて加えてヤマメ釣り
俳句に落語に新内に
烏滸《をこ》がましく辞書作り
気性激しく性急の
脚は名うての韋駄天で
歩く速さも人の倍
女性たちには敬遠され
拠ん所なく独り身の
気侭気随を看板に
仕たい放題　遣り放題
少しは命惜しめよと
諫めてくれる友垣へ
流す涙も束の間の
忘れて元の木阿弥に
生まれついての性なれば
命の綱のある限り

我が道を行くその道を恵方とし　進

僕が日本大学研究所教授と早稲田大学教育学部の非常勤講師の職を辞した頃の賀状であろう。全ての責任から解放された「誇り高き素浪人」が、大好きなトンボの取り持つ縁で、「古事記」の世界に迷い込み、奈良に安萬侶の墓を訪ねたり、出雲への旅に明け暮れた日々を懐かしく思い出す。

「鳥髪山（現在は船通山《せんつうせん》という）」の山頂に立って、天からこの地に降り立ったという須佐之男命に想いを馳せたのもこの頃だったであろう。

元朝やこころ鳥髪山の上《へ》に

飴なめてつくづく独り石蕗の花

などの句が浮かんだのもこの頃だった。

「出雲型狛犬」や出雲のアラハバキ神を探し求めて、島根や鳥取は言うに及ばず、日本海沿岸を北上し、北海道へも繁く通った。

☆　☆　☆　☆　☆

▼一九九九（平成十一）年元旦

ゆめや　ゆめゆめ　ゆめやゆめ
夢は要らぬか狛犬の
水庭進は空の旅
胸弾みます出雲型

つきや　つきつき　つきやつき
月はいずくや月の山
雨釣は今日も渓《たに》の中
釣ってみせます大イワナ

かみや　かみかみ　かみやかみ
神は知らぬかアラハバキ
水庭進は捜します
抹殺されしタタラ神

神在《ま》すや崩《く》えし祠の初日影　　進

☆　☆　☆　☆　☆

▼二〇〇〇（平成十二）年元旦

松江で耳にした
　タクシー運転士の東北弁
「生粋の出雲人です」
　彼は胸を張って言った
頭を掠めた清張の「砂の器」
東北弁の抑揚は　もとは
　出雲訛の抑揚……
いや　正しくは
　古代朝鮮語の抑揚……
鉄や森を求めて
　東北へ移動した
出雲のタタラ族
道すがら彼等が遺した
あの独特な抑揚……
目をつむって
朝鮮語を聴いていると
まるで日本の東北にいるようだ

　言霊《ことだま》の幸《さきは》ふ国や初鞴《ふいご》　進

後日、東北出身の友人がまるで逆のことを言っていた。
「上野駅で話していて、よく朝鮮語と間違えられた」と……

☆　☆　☆　☆　☆

▼二〇〇一（平成十三）年元旦、二十一世紀を迎えた。
この年の賀状には体調を崩したことが記されている。

一昨年《おととし》　春の患いに
辞典づくりもままならず
絶えなんとする玉の緒を
どう取りとめてか　世紀末

体力　気力　戻り船
漕げば漕げると識りつつも
ここぞ潮時　舫い舟
こころ残れど　あらたまの
年にのぞみを懸《かけ》小鯛《こだい》
満を持しての泊船
まずはともあれ日和見を
決め込むことも　ひと思案

新世紀日出づる国の初明り　　進

☆　☆　☆　☆　☆

▼二〇〇三（平成十五）年元旦

ある冬の日　東寺を訪れた
小さなお堂を見つけた
一〇センチ平方ほどの格子窓の全てには
分厚い曇りガラスが嵌められていた

中がよく見えないので
手をかざして覗き込むと
木彫の阿吽の立像が二体あった

そのどれにも
数知れないほどの穴があいている
蜂の巣くった痕のようだ

脇の立て札には
「雄《を》夜叉」「雌《め》夜叉」とあった

初めは南大門のところにあったが、参詣人に悪さをしたので、境内の中央に移されたという。

着膨れて雄夜叉雌夜叉を覗く夜叉　進

☆　☆　☆　☆　☆

▼二〇〇四（平成十六）年元旦

僕は二十年ほど前、青森県深浦の春光山円覚寺で、女性の毛髪で刺繍した「八相《はっそう》釈尊涅槃図」を初めて拝観して痛く感動した。

昨年、二〇〇三（平成十五）年九月、再びその寺を訪れた。

涅槃図はガラス張りの中に納められていた。日露戦役の殉難者のため、八万四千人の毛髪を使って刺繍した涅槃図だ。

昔は無かったルーペも備えられていたので、「天下一品の霊宝」を心ゆくまで鑑賞して、昔日の感動を新たにした。

僕、八十歳の秋であった。

黄昏を旅する男年新た　進

☆　☆　☆　☆　☆

▼二〇〇五（平成十七）年元旦

昨年は十五夜と十三夜の月を他郷で愛でる幸運に恵まれ、感動一方ならぬものがあった。僕の人生も最晩年にさしかかったからかも知れない。

十五夜の月は日本海側の鶴岡で観た。月山の少し東よりの山の端から上った仲秋の名月は帯のような一筋の雲を纏っていた。

仲秋の名月雲の帯締めて　　進

十三夜の月は太平洋側で、北茨城市の五浦《いづら》の海の水平線上に浮かび出た。

九十四歳の父方の従兄、佐々木隆さんと久し振りに酒杯を重ねた。

隆ちゃんは剣術の達人で、日本剣道連盟の与える称号の最高位の「範士」だった。


結婚した頃の隆ちゃんの家は茨城の川尻にあった。僕がまだホンの子供の頃、既に妻帯していて子供があったから、僕より遥かに年長である。奥様は色白で華奢な美しい女性だった。

隆ちゃんの父親はデップリ肥った人で、夏、何も纏わない太鼓腹の上に高張提灯をのせて、大きな筆で何やら字を書いていた。


隆ちゃんの家は雑貨商で、直ぐ近くを十王川が流れていた。清澄な流れで、近くには深い淵があった。その淵で従兄たちとよく泳いで遊んだものだ。

その十王川は流域こそ短いが、水温の低い川で、今思うと、僕の好きなヤマメが生息していたに違いない。

母からはいつも、そんなに長く水の中にいて遊んでいると、

「カッパにハラワタを吸い取られてしまうよ」

と、注意された。淵は暗くて、本当にカッパが住んでいそうな気がして恐ろしかった。


十三夜を愛でながら従兄と酒杯を重ねた帰り道、常磐線の大津港駅に着いた頃は、月は中天にあった。駅には剥製の猪がガラスのケースに納められていた。

後の月五浦の海の涯《は》てにかな　　進
剥製の猪《しし》置く駅の栗名月　　進

隆ちゃんは一年前に他界した。

白寿の高齢であった。

五浦の海岸近くに住んでいた隆ちゃんが、あの東日本大震災の大津波の恐ろしさを知らずにすんだことはせめてもの救いであった。

☆　☆　☆　☆　☆

▼二〇〇六（平成十八）年元旦

二〇〇五（平成十七）年は僕にとって余り佳い年ではなかった。

創刊から参加してきた俳句結社「浮巣」を故あって退会した。

苫小牧の姉が大腿骨を折って緊急入院した。

僕は僕で、鶴岡近辺の沢で転《こ》けて左の腿を捻挫した。

その上、蕁麻疹《じんましん》のため泣いて秋刀魚の腸《わた》を断った。

十月六日にはNHK時代の無二の親友に先立たれた。


勿論、嬉しいこともあった。

念願の俳句辞典の集大成が一応まとまった。

八戸の俳句結社「青嶺」の俳人たちのご厚意で八戸を二度も訪問した。

鰺ヶ沢で日本海の華麗な夕日を観た。

鋭いヘアピン・カーブと見上げるような勾配の続く龍泊《たつどまり》を穏やかな日和に恵まれてクルマで走破した。

それなのに、捨てたい想い出だけが脳裏を離れないのはどうしたことか？

木枯の身ぬちにたまる齢かな　進

☆　☆　☆　☆　☆

▼二〇〇七（平成十九）年元旦

この年の三月二十一日で僕は満八十三歳になる。

そろそろ年齢のことを考えて無理をしないようにと

の、御忠告をどなたからも受ける。有難いことだ。

だが、どうしても一つだけやめられないものがある。

渓流釣りである。

アホかと言われそうだが、まことアホなのである。

滴る緑、折々の美しい草花、小鳥の囀り、愛らしい小動物との出会い。妙なる水織音《みおりね》が僕を誘ってやまないのだ。


脚力は勿論のこと、肉体の各部が萎えてきているのは、自分でも認識している。

それでもなおかつ、歩ける間は何が何でも続けたい。少しでも長くこの美しい「大自然」とともにありたいと思うのだ。

嘗て、僕は

渓《たに》紅葉明日は釣られる身でもよし

という如何にも達観したような句を作った。

今は違う。

昔、会津の山奥で、一筋の淡い緑色を帯びた白い凍《いて》滝《だき》を見た。

凍るまいとするささやかな水音を聴いた。

凍滝の負けじ魂見てゐたり　進

☆　☆　☆　☆　☆

▼二〇〇八（平成二十）年元旦

今年の干支は「子」、僕には七めぐり目の干支である。で、今年の三月二十一日には満八十四歳になる。

古稀の年に「生前葬」もどきの会を開いた。あれから早くも十四年の歳月が流れた。感無量である。

現在、取り組んでいる俳句辞典の「俳句に詠む喜怒哀楽」も出口が見えてきた。皆様のご支援とご鞭撻があったればこそである。心よりお礼申し上げたい。

人生も八十の後半に差し掛かると、弱気に起因する強がりがつい頭を持ち上げて来る。

昨年の三月から体調を崩して今日に至っている。今は世事から離れてゆっくりと静養したい。

今後、いろいろな面で礼を欠くことが多々あると思うが、年齢に免じてお赦し願いたい。

ごまめ噛んで今生長居しすぎたる　進

☆　☆　☆　☆　☆

▼二〇一〇（平成二十二）年元旦

昨年三月に満八十五歳になった私の健康にとって、平成二十一年は特筆すべき年であった。良い意味でないことは申すまでもない。

大晦日の深更、腎機能障害で緊急入院。塩分と水分の摂取量に厳しい制限が課せられ、食の細る苦しい長い闘病生活に突入した。

その生活にも少し慣れた六月初旬、脳硬塞のため再入院。泣きっ面にハチである。右脳の運動野直下の血管に梗塞を発症した。幸い軽度であったが、左手指と左脚に軽い麻痺が残った。そこで、未完の俳句辞典の第十五冊目をどうするか…

石に爪を立ててでも、この世に生あるうちにこれだけは完成しなければならない。

どうしたら良いものか、皆目見当がつかない。

気は焦るばかりである。そこで、えい、ままよ……

闘病と袂分かつに年の酒　進

☆ ☆ ☆ ☆ ☆

▼二〇一一（平成二十三）年元旦

三番町の僕のアパートの玄関に背丈三十センチほどの陶製のメダヌキが飾ってある。

毎日、僕の帰宅を一番に迎えてくれるのは、他ならぬこのメダヌキである。年頃はと言えば、二十七・八というところか……

上半身は何も纏っていない。二つの乳房はかぶりつきたくなるように豊かで、肌の色が眩しいくらいに白い。立派な太鼓腹も真っ白だ。花籠を両手で支えて頭にのせている。どこか愛嬌があって、心を和ませてくれる。

下半身には前掛けが垂れている。

これは日本大学歯学部の佐藤学部長が、その昔、僕に下さったものだ。学部長はなかなかしゃれたお人柄で、校舎改築のとき、伐り倒されることになっていた桜の木の枝に僕がかけた句

ニコライの鐘を別れの桜かな

をご覧になって、桜の移植を決断して下さった。

その佐藤先生がある日

「キミは独り者だから……」

と仰しゃって、私に下さったのがこのメダヌキである。

「前掛けを持ち上げてみなさい」

言われるままに、持ち上げてみたら、成り成りてなり合わざるところがはっきりと見えた。

その佐藤先生ももうこの世にいない。

女狸が夢に出てきて御慶かな　進

☆ ☆ ☆ ☆ ☆

あとがき

海見えてなほ韋駄天の雪解川　進

一九八〇（昭和五十五）年三月二十一日、僕は満五十六歳の誕生日を迎えた。三十四年の長きに亘り勤めてきたＮＨＫを定年退職する日でもある。

その間、国際局に属して、英語アナウンサーを主な仕事としていたから、転勤は全くと言ってよいほどなく、東京勤務ばかりであった。従って、生活は安定はしていたものの、生来行動的だった僕には何となく物足りなかった。


一九五三年、エリザベス２世の戴冠式を契機に、国内局からは、毎年一人がＢＢＣ（英国放送協会）に常駐して、三年間に亘り日本語放送を代る代る担当していた。

一九六四年、僕は国際局からは初めて、ＢＢＣへ転勤を命じられ、ＢＢＣの海外放送で、日本語放送を担当することになった。任期は同じ三年である。

この年はシェークスピア生誕四百年の記念すべき年で、シェークスピアの劇はその殆どを観ることができた。

また、イギリスのフライ・フィッシングに憧れていた僕は、イギリスを隈なく釣り歩いた。鮭釣りで有名なワイ川、ドン川など所謂「一音節の川」として有名な川でフライを振った。国際局の同僚の中には、「アイツはイギリスへ仕事にいったのじゃあない………釣りにいったのだ」と陰口を叩くものもいたくらいである。

一九六七年に帰国してからは、現場から離れて、アジア部長を三年、欧米部長を二年勤めて特別職になった。

NHK定年後は、日本大学歯学部の教授（英語）のほか、早稲田大学教育学部の非常勤講師として、若い人たちの英語教育にあたった。

NHK在職中は勿論のこと、教育界に身を置いてからも、僕は若い頃と何ら変ることなく、極めて行動的であった。動的宇宙に暮らしていた。いつも、すたすたと脚速に歩くので、いつしか「韋駄天」の異名をとった。

この頃の句に

雪解川湯揉むがごとく岩襖　　進

というのがある。

二、三年前、腎臓障害と脳硬塞で、僕は入院を余儀なくされた。
こうして、僕の動的宇宙にも濃い黒い影がさして、静的宇宙が視野に入ってきた。

やがて僕は米寿を迎える。
僕が生涯のまとめとして、この俳文集……と呼ぶのも烏滸がましいが、「詩の小筥」なるものを辛うじて書き上げることが出来たのも、多くの俳句結社の先生方の深いご理解とご協力のお蔭であることを特記して、お礼の詞としたい。
また、この書の出版にご協力を頂いた東京堂出版と今泉弘勝氏に心から感謝申し上げる。

平成二十三年九月

水庭　進

●水庭進著書一覧表

	初版	発行所
現代米語解説活用辞典	一九五〇	ジープ社
遊びの英語	一九五一	研究社
歯科英語活用辞典	一九八三	南雲堂
釣りの英語活用辞典	一九八六	南雲堂
野球の英語活用辞典	一九八八	南雲堂
現代俳句表記辞典	一九九〇	博友社
現代俳句類語辞典	一九九一	博友社
現代俳句読み方辞典	一九九二	博友社
現代俳句古語逆引き辞典	一九九二	博友社
現代俳句擬音擬態語辞典	一九九三	博友社
現代俳句言葉づかい辞典	一九九五	博友社
現代俳句慣用表現辞典	一九九七	博友社
続・現代俳句慣用表現辞典	一九九七	博友社
水庭進の英語街道をゆく（カセット付き）	一九九八	茅ヶ崎出版
俳句に詠む四字熟語	一九九九	雄山閣
俳句に役立つ類語いろいろ	二〇〇〇	雄山閣
俳句に生かす漢字表記	二〇〇〇	雄山閣
自費出版「恥かきっ子」―母の思い出と人生の詩―	二〇〇一	三樹書房
自費出版「酒と魚とサロメ」	二〇〇二	慶友社
俳句に詠う冠婚葬祭	二〇〇二	雄山閣
自費出版「ナルミ」	二〇〇三	慶友社
自費出版「野球の英語辞典」	二〇〇四	長崎出版
自費出版「今朝、衣に会った」	二〇〇四	慶友社
自費出版「釣りは愉し」	二〇〇五	長崎出版
現代俳句表記活用辞典	二〇〇六	東京堂出版
俳句に詠む喜怒哀楽	二〇〇八	博友社
美しい季語たち	二〇一〇	博友社

●水庭進　プロフィール

一九二四年、東京生まれ。四一年三月、私立巣鴨商業学校を卒業し、四月、東京外国語学校英米科入学。四四年二月、外語三学年のとき、日本放送協会の海外放送（ラジオ東京）の英語アナウンサー。四四年九月、外語を繰り上げ卒業、水戸の東部三十七部隊に入隊。四五年八月、太平洋戦争終結と同時に、アメリカ軍の命令により除隊。四六年十一月ＮＨＫ復帰。五二年、国際放送再開に際し、国際局欧米部英語アナウンサー。六四年八月、英国放送協会（ＢＢＣ）へ出向、日本向け日本語放送に携わる。六七年九月に三年間の英国勤務を終えて帰国。六七年十月三十一日、一時間に亘り、吉田茂の国葬の英語実況放送を担当。六九年、アジア部長。七二年、欧米部長。七四年、国際局次長。七九年四月、早稲田大学教育学部非常勤講師（英語）。八〇年三月、ＮＨＫ定年退職。八〇年四月、日本大学歯学部教授（英語）。八九年三月、歯学部定年退職、同年四月、日本大学研究所教授。九四年三月、日本大学研究所教授退職後、主として著述業に従事し、今日に至る。

詩の小筥（うたのこばこ）

初版印刷　2012年３月10日
初版発行　2012年３月21日

著　者　水庭　進
発行者　松林孝至
発行所　株式会社　東京堂出版　http://www.tokyodoshuppan.com
〒101-0051　東京都千代田区神田神保町１-17
振替　00130-7-270
印刷・製本　亜細亜印刷株式会社

ISBN978-4-490-20765-1　C0092　Printed in Japan.